KB116228

톨스토이의
짧은 글 깊은 **생각**

편역자 이상길

문학박사, 모스크바 대학교 객원교수.
현재 모스크바 대학교 한국학 연구소 부소장 및 모스크바 레포르마 신학대학원 원장.
번역서로는 『첫사랑』(투르게네프) 『성채』(J. 크로닌) 『기도의 자식은 결코 망하지 않는다』(성 어거스틴의 생애) 외 85종, 저서로는 『개혁주의 조직신학』(노어판) 『천국의 계단』(어거스틴의 어머니 '모니카'의 눈물과 기도의 생애) 등이 있다.

톨스토이의 짧은 글 깊은 생각

개정판 1쇄 2015년 6월 25일
개정판 3쇄 2017년 4월 1일
지은이 레프 톨스토이
편역자 이상길
펴낸이 김영재
펴낸곳 책만드는집

주소 서울 마포구 양화로3길 99 4층 (04022)
전화 3142-1585·6
팩스 336-8908
전자우편 chaekjip@naver.com
출판등록 1994년 1월 13일 제10-927호

* 잘못 만들어진 책은 구입하신 서점에서 바꾸어드립니다.
* 책값은 뒤표지에 표시되어 있습니다.

ISBN 978-89-7944-535-0 (03890)

이 도서의 국립중앙도서관 출판사도서목록(CIP)은 e-CIP 홈페이지(http://www.nl.go.kr/cip.php)에서 이용하실 수 있습니다.
(CIP제어번호 : CIP2015015892)

톨스토이의 짧은 글 깊은 생각

레프 톨스토이 지음 ★ 이상길 편역

책만드는집

차례

Inter-
national

처세

01

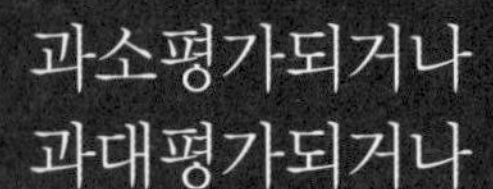

과소평가되거나
과대평가되거나

자신을 잘 알고 있는 사람은 누구보다도 냉정하다. 자신의 힘을 안다면 그 능력이 낮게 평가되는 것을 두려워하지 말라. 오히려 그 능력이 과대평가되는 것을 두려워하라.

단순한 것은
친밀감을 준다

기교적인 것, 괴이한 것, 남의 주의를 끄는 것을 피하라. 단순함만큼 사람에게 친근감을 주는 것은 없다.쓸데없이 남의 일에 개입하지 말라.

스스로를 괴롭히는 일을
피하라

알지 못하는 일에 매달려 스스로 괴롭히는 일을 피하라. 그리고 자기와 관계없는 일에 개입하려고 하지 말고 차라리 그 시간에 자기 계발을 하라.

누가 사람을 판단하는가?

우리가 가장 저지르기 쉬운 실수는 다른 사람에 대해 착한 사람, 나쁜 사람 또는 바보, 천재라고 판단하는 것이다. 인간은 강물처럼 쉬지 않고 흐른다. 그들은 끊임없이 변하며 제각기 자기 길을 걸어간다. 인간에게는 모든 가능성이 있다. 바보가 천재가 될 수 있고 악인이 착한 사람이 될 수 있다. 물론 그 반대도 가능하다. 이 점에 인간의 위대성이 있는 것이다. 그런데 어떻게 인간을 선악과 우매로 판단할 수 있겠는가! 그가 이러이러한 사람이라고 그대가 판단할 때 그 사람은 이미 변해 있을 것이다.

어떤 경우에도 해서는 안 될 말

"그런 일은 별거 아니야. 나도 할 수 있는 일이야"라든가 "그런 도덕은 하찮은 것이다. 그딴 것 없이도 살아갈 수 있다"라는 말은 어떤 경우에도 하지 않는 것이 좋다.

다른 사람과 대화를 할 때는 대화에 집중하라

다른 사람과 대화를 나누다가 자기 혼자만의 생각에 빠지면 이야기의 흐름이 끊긴다. 결국 대화의 실마리를 잃게 된다. 대화를 나눌 때는 다른 일은 잊고 대화에 집중해야만 충실한 교제를 나눌 수 있다.

대화를 나누고 난 뒤에

장시간 누군가와 이야기를 나누고 난 뒤에 무슨 이야기를 했던가를 다시 생각해보라. 서로 주고받은 모든 이야기가 얼마나 하잘것없는 것이며 무익한 것, 게다가 얼마나 나쁜 것이었는가를 깨닫는다면 그대는 새삼 놀랄 것이다.

누구도 자기 몸을 스스로 들 수 없다

인간은 자기 몸을 스스로 들어 올릴 수 없듯이 자기 자신을 칭찬할 수도 없다. 칭찬은 남이 해줄 때 더 빛나는 법이다. 자기가 자기를 칭찬하려고 꼼수를 쓴다면 오히려 사람들 앞에서 자신의 가치를 떨어뜨리는 꼴이 된다.

칭찬은 남이 해줄 때 더 빛난다

남을 평가하는 일은 언제나 정확하지 않다. 왜냐하면 결코 그 누구도 그 사람의 마음속에서 일어난 일, 그리고 일어나는 일에 대해 모르기 때문이다.

널리 퍼져 있는 미신

가장 일반적이면서 널리 퍼져 있는 미신 중 하나는 인간이 저마다 정해진 품성을 가지고 있다는 생각이다. 그래서 겉만 보고 사람을 판단하는 경향이 있다. 그러나 사실은 그렇지 않다. 어떤 사람은 거칠게 보이나 심성이 고운 사람이 있고, 어리숙하게 보이나 지혜로운 사람이 있는가 하면, 착한 사람처럼 보이지만 교활하고 악랄한 사람이 있다. 겉모습만 보고 그가 악하겠다느니 착하겠다느니 미련하겠다느니 판단하는 것은 옳지 못하다. 그래서는 안 된다는 것을 알면서도 우리는 언제나 그런 식으로 남을 평가하고 산다. 겉모습만 보고 남을 평가하는 습관은 버려야 한다.

남들에게 꼭 필요한 사람

남들에게 꼭 필요한 존재이면서 자신은 남들을 필요로 하지 않는 사람은 진정 선한 사람이다.

일단 자신에 대한 평가는 유보하라

자기에 대하여는 좋다고도 나쁘다고도 말하지 말라. 비록 좋게 말해도 남이 믿지 않을 것이며 나쁘게 말하면 그대가 말하는 것보다 더욱 나쁘게 생각할 것이다. 가장 현명한 방법은 아무 말도 하지 않는 것이다.

다른 사람과 감정이 좋지 않을 때

만약 그대가 다른 사람과 감정이 틀어져 그가 불만을 품고 있다면, 또 그대가 옳은데도 그가 동조하지 않는다면 그 사람 잘못만을 탓하지 말라. 그와 얘기할 때 그대의 태도가 나빴기 때문일 수 있다.

악의와
선의

다른 사람에 대한 악의는 자신을 불행하게 하고 상대방의 삶도 불행하게 만든다. 반대로 다른 사람에 대한 선의는 인생의 수레바퀴를 원활하게 회전시키는 기름과 같아서 그 사람의 삶은 물론 다른 사람의 삶까지 밝고 유쾌하게 만든다.

의견을
제안할 때는

그대가 아이디어나 의견을 제안하고자 할 때, 혹은 어떤 제안이나 해결 방안을 전달하고자 할 때는 될 수 있는 한 간결하게, 그리고 가능한 한 성실하게 전하라.

싸움은 누구의 잘못으로 벌어지는가?

정도의 차이는 있지만 싸운다는 것은 그 자체로 나쁜 것이다. 만약 당사자 가운데 어느 한쪽만이라도 완전무결하다면 싸움은 일어나지 않는다. 마치 매끄러운 표면, 이를테면 거울에 성냥을 긋는다고 불이 붙지 않는 것과 같은 이치다.

이야기를 듣는 사람의 태도

바보가 이야기하더라도 그 말을 들어야 할 처지에 있다면 진지하게 경청하라. 화난 사람과 대화할 때 부드러운 응대는 화를 누그러뜨린다. 상대를 무시하는 말은 상대의 노여움을 부채질할 뿐이다.

선을 동반한 겸손

겸손은 사람을 불러들인다. 선을 동반한 겸손은 사람의 마음을 강하게 끌어당긴다. 그러나 그것은 스스로 찾아야 하는 것이지 저절로 생기는 것이 아니다.

잠시 진실을 외면했다가 치러야 할 대가

사람들 중에는 진실을 잠시 외면해도 괜찮을 것이라고 생각하는 사람이 있다. 이것은 잘못된 생각이다. 어느 순간에 한 거짓말에 대해 사람들은 그때 상황이 어쩔 수 없었다는 식으로 이야기한다. 아무리 작은 거짓말이라도 진실을 밝히기 위해 치러야 할 불쾌한 일에 비하면 그 해악은 몇 갑절 큰 것이다.

거짓말하는 사람의 심리

가장 평범하고 가장 광범위하게 퍼져 있는 거짓말의 원인은 남을 속이겠다는 욕망이 아니라 자기 자신을 속이려는 욕망이다. 이 거짓말이 무엇보다 나쁜 거짓말이다.

비교의 기준

남을 심판하지 말고, 남과 자신을 비교하지도 말라. 비교하려거든 오직 완전한 신과 비교하라.

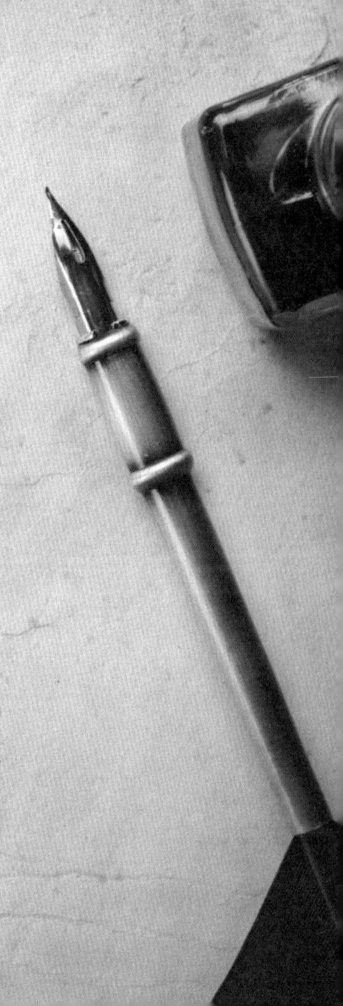

인간의
정직성

진실을 말하기는 참으로 쉬운 것 같지만, 실제로는 엄청난 정신적 노력이 필요하다. 그래서 인간의 정직성은 도덕적 완성의 지표가 된다.

남에게 칭찬이나 인정을
기대하지 말라

남과 이야기할 때 칭찬이나 인정을 기대하지 말라. 오히려 비난과 힐책 등 듣기 싫은 소리가 나올 수도 있다는 것을 예상하고 자신을 훈련하라. 자신의 오만을 없애고 겸손을 배울 수 있는 기회로 활용하라.

자기는 남보다 나은 인간이라는 착각

덕을 쌓기 위해 노력하는 사람이 전보다 향상되었는지, 퇴보하였는지를 걱정하는 것만큼 어리석은 것은 없다. 덕을 쌓는 일은 눈에 띄게 이루어지지 않으며 그에 대한 평가는 오랜 시간이 지난 후에야 알 수 있기 때문이다. 만약 자신이 나이가 들었기 때문에, 혹은 지위가 높으니까 남보다 나은 인간이라고 생각한다면 그것은 큰 착각이다. 이미 그는 멈춰 있거나 퇴보했다는 증거이기 때문이다.

갈등을 해결하는 상호 법칙

사람들과 갈등이 있을 때마다 상호 법칙相互法則, 즉 "남이 나에게 해주기를 바라는 것을 남에게도 행하라"는 법칙을 떠올리라. 매번 이 법칙을 따르다 보면 곧 습관이 될 것이다.

남의 잘못을 비난하는 사람

남의 결점만 보는 것은 자기 자신의 단점을 잊고 있기 때문이다. 우리는 때로 다른 사람을 비난하지만 우리도 그 사람이 저지른 잘못을 할 때가 있다. 다른 사람의 잘못을 통해 자기 자신을 되돌아보지 않고 비난하기에 바쁜 사람은, 악의 유혹에 빠지기 쉽고 악을 모방하기 쉬운 사람이다.

치켜세우는 사람의 말에 귀 기울이지 말라

다른 사람을 신랄히 비방하는 자리에서 그대를 치켜세우는 사람이 있다면 그 사람의 말에는 귀를 기울이지 말라. 당장에 듣는 귀는 즐겁겠지만 뒷감당 해야 할 일이 생긴다.

남에게 보이기 위한 겸손

남에게 보이려고 하는 겸손이나 조심성은 시끄럽고 솔직하지 못하다. 겉으로만 겸손한 척하는 것은 가장 나쁜 위장술이다.

자기 자랑

밀가루 반죽을 넓게 펴면 펼수록 그 두께는 얇아진다. 자기 자랑도 이와 같다.

교묘한
비난

교묘한 비난은 썩은 고기에 친 향신료와 같다. 향신료가 없으면 바로 고기 상태를 알겠지만 향신료 때문에 고기가 썩은 줄 모르고 삼키고 만다. 사람들과의 대화에서 진정성을 파악하는 것, 인간관계의 기술이다.

이 세상 누구와도
평안하게 지낼 수 있는 사람

자기를 희생시킬 준비가 되어 있는 자에게는 항상 평안이 있다. 우리의 평안을 방해하는 가장 큰 적은 오만이다. 비난받고 오해를 받더라도 항상 공손하고 겸손할 수 있다면 이 세상 누구와도 평안하게 지낼 수 있다.

한평생 남을 비난하지 않은 사람

성자 열전에 이런 이야기가 있다. 한 노인이 꿈속에서 생전에 결점이 많았던 수도사를 보았는데 이 수도사가 천국의 맨 윗자리에 앉아 있었다. 노인이 생각하기를, 어떻게 그 많은 결점을 가지고서 가당찮게도 저 자리에 있을 수 있을까 싶어 수도사에게 물어보았다. 그러자 수도사가 말하길 "한평생 아무도 비난한 적이 없었기 때문"이라고 하였다.

남을 비난하다가 오히려 자기 허물을 드러내기 쉽다

남의 행위를 비난하지 말라. 남을 비난하면 공연히 자신의 마음만 어지러워져 자칫 과오를 범하기 쉽다. 오히려 자기 자신을 반성하라.

쉽게 깨뜨릴 수 없는 착각

사람들은 쉽게 깨뜨릴 수 없는 착각을 하고 산다. 마치 아이들이 제 눈을 가리고는 남도 보지 못할 것이라고 생각하는 것과 같다. 그러므로 자기 행위가 남의 눈에 어떻게 비칠지 생각해 보는 것은 매우 유익한 일이다.

'나쁜 사람'이라는 소리를 듣는 것을 두려워하지 말라

남에게 훌륭하게 혹은 멋지게 보이려고 하지 말라. 다른 사람들이 그대를 나쁜 사람이라고 생각하는 것을 두려워하는 것은 순전히 허영심 때문이다.

가장 잔인한 말

"너는 그르고 나는 옳다"라는 말은 사람에게 할 수 있는 가장 잔인한 말이다.

좋은 일을 하고서 보상을 바라는 것은 어리석다

스스로 옳다고 생각하는 일을 하라. 그리고 아무런 보상이나 명예를 기대하지 말라. 좋은 일을 하고서 보상을 바라는 것은 어리석은 일이다.

평판에 과민하면 평안을 잃는다

남이 자기를 어떻게 평가할지 지나치게 신경 쓰면 평안을 얻지 못한다.

사람들의 칭찬을 바라는 마음

착한 마음속에도 허영심과 세상 사람의 칭찬을 바라는 마음이 섞여 있다. 이 마음은 자신의 행위 때문에 칭찬이 아니라 비난을 받더라도 절대로 그 행위를 바꾸지 않겠다고 생각할 때 비로소 사라진다.

착한 일을 하고도 숨기는 것

뭔가 숨기려고 하는 것은 거의가 나쁜 일들이다. 착한 일을 하고도 숨기는 것만이 좋은 일이다.

자랑거리를 남들 앞에 드러내지 말라

그 무엇도 숨기지 말고 살라. 그러나 그대의 자랑할 거리가 그 무엇이든 남들 앞에서 드러내 보일 생각은 아예 품지도 말라.

허영심이 많은 사람은 남의 칭찬에 약하다

허영심이 많은 자들은 남으로부터 칭찬받기를 좋아한다. 남의 칭찬을 받으려면 먼저 인정받는 사람이 되어야 한다. 그러나 사람들은 자기 마음에 드는 것만을 좋은 것으로 여기기 때문에 그들의 마음에 들도록 불필요한 일도 해야 한다. 이처럼 허영심을 만족시키는 일은 매우 어리석은 일이다.

소문과 거짓말

확인할 수 없는 이야기를 소문내지 말라. 그리고 거짓으로써 그대의 마음을 어지럽히지 말라.

말하기 전에 생각하라

협상이나 거래 등 중요한 자리가 아니더라도 남과 대화할 때는 말할 내용을 다시 한 번 생각한 후에 말하는 습관을 들이라. 물론 매번 이렇게 하기는 힘들다. 마음이 평온하고 침착할 때는 평소처럼 대화를 즐겨도 되겠지만 감정이 격해진 상태라면 가급적 말을 아끼라. 흥분한 상태에서 말을 함부로 내뱉다가는 후회할 일이 생긴다.

자기 실수를
남의 탓으로 돌리지 말라

어린애가 놀다가 넘어지면 괜스레 방바닥을 때리며 분풀이를 한다. 때로는 어른들도 자기가 다치면 다친 원인을 자기 실수에서 찾기보다는 옆에 있는 사람 탓으로 돌리는 경우가 있다. 물론 고통스러워서 그러는 거겠지만 그것은 이기적인 생각이다. 또 예전에 옆 사람이 잘못했던 일까지 끄집어내서 그 사람에게 보복하려는 심리까지 발동한다면 어느 누구에게도 이해를 구할 수 없을 것이다.

사람마다 선과 악의 잣대가 달라서

세상의 명예나 남의 칭찬을 받고자 애쓰는 것은 어리석은 일이다. 왜냐하면 세상 사람들이 생각하는 선과 악의 잣대가 각기 다르기 때문이다. 그래서 어떤 사람이 잘했다고 보는 일도 또 다른 사람에게 들어보면 잘못한 일이라고 말하는 것을 흔히 볼 수 있다.

험담은 무서운 죄악이다

어떤 사람들은 남에 대해 험담하기를 즐긴다. 남을 비방하는 것이 확실히 재미가 있기 때문이다. 남의 험담을 즐겨 하는 사람은 그 즐거움이 험담의 당사자에게 얼마나 해로운 일인지 모르지 않는다. 험담이 해롭다는 것을 알고 있으면서도 재미있다는 이유로 그만두지 않는 것은 무서운 죄악이다.

부당한 대우를 받았거든

부당한 대우를 받아 침울하더라도 그 일로 오래 마음 상해 있지 말라. 참으로 불행한 사람은 그대를 부당하게 대한 바로 그 사람이다.

복수하는 것보다 더 쉬운 일

그대를 험담하고 다니는 사람에게 복수하는 것보다 더 쉬운 일은 일단 참는 것이다. 험담한 사람에게 복수하는 것은 타오르는 불길에 장작을 집어넣는 것과 같다. 자기를 험담하던 사람을 평화로운 낯빛으로 대하라. 이미 그대는 험담과 험담한 그 사람을 이겨낸 사람이다.

선한 사람은 다른 사람의 악을 생각하지 않는다

선량한 사람은 다른 사람의 속에 있는 악을 생각하기 어렵다. 악한 사람이 남의 속에 있는 선을 생각하기 어려운 것처럼.

감정대로 말하는 사람들

자기 뜻과 생각을 요령 있게 잘 설명할 수 있는 나이가 되면 체력은 많이 약해져 있을 것이다. 청년기에는 남에게 자기 생각을 열정적으로 말하지 않고는 견딜 수 없는 의욕이 넘치는 반면 요령이 부족하다. 당연히 말실수가 잦다. 그러나 시간이 지나고 어른이 된 후에도 여전히 참을성 없이 감정대로 말하는 이들이 있다. 이런 사람들을 보면 아직 제대로 피지도 않은 꽃을 기다리지 못하고 꺾었다가 땅바닥에 던져 짓밟아버리는 것 같아 그저 가엾게 보인다.

말다툼은
분별력을 잃게 한다

말다툼을 할 때 사람들은 덕성을 잊어버린다. 말다툼이 시작되는 순간 분별력도 사라진다.

단점이 많은 사람이라도 함부로 판단하지 말라

사람에 대하여 판단할 때 그 사람이 비록 단점이 많다 해도 악담을 하지 않도록 조심하라. 특히 그 사람의 잘못을 확실히 알지 못하고 남들이 하는 말에 의존할 때는 더욱 조심해야 한다.

타인에 대한 존경과 자기 신뢰를 결합하는 일

남의 사상이나 신념을 받아들이는 것도 중요하지만 자기 판단의 권리를 굳게 유지하는 일도 중요하다. 남과 더불어 행동하면서도 자신의 양심에 따르는 것은 남의 의견에 대한 존경과 자기 신뢰를 결합하는 일이다.

입장을 바꿔 생각하면 오해에서 벗어날 수 있다

누구든지 다른 사람의 처지가 되고 보면 그 사람을 이해할 수 있는 폭이 넓어진다. 또 그때까지 그 사람에게 품어왔던 오해에서 벗어날 수 있으며 오만도 없어진다.

뒷담화의 후환

어느 날 파티가 벌어졌다. 모임이 거의 끝나갈 무렵 손님 하나가 인사를 하고 돌아갔다. 그러자 뒤에 남은 사람들이 그 사람의 평판으로부터 시작하여 여러 가지로 악담을 늘어놓았다. 두 번째 돌아간 사람에 대해서도 험담이 이어졌다. 이렇게 하여 손님들이 하나둘 가버리고 한 사람만 남았다. 남은 그 사람이 주인에게 이렇게 말했다.

"미안하지만 재워줄 수 없을까요? 먼저 돌아간 사람들의 욕을 듣고는 나도 그런 욕을 먹을까 봐 무서워서요."

비난할 때는
아무리 신중해도 늦지 않다

천을 재단할 때는 열 번 자로 재고, 동료나 친구의 결점을 말할 때는 백 번쯤 생각하라. 그리고 나서 말해도 늦지 않다.

거만한 사람은 자신보다 소문을 존중한다

거만한 사람은 자존감이 높은 사람이 아니다. 그는 자기를 존경하기보다는 자기 자신에 대한 세상의 소문에 더 신경 쓴다. 자신의 참된 존엄을 자각하는 사람은 자신을 존중하고 소문은 무시한다.

대화를 할 때는 2, 3초의 여유를 두라

여러 사람과 대화를 나누는 자리였다. 그 자리에 있던 한 노인이 말과 말 사이에 2, 3초 정도 간격을 두고 느리게 말을 하는 것이 느껴졌다. 나는 그 노인이 말로 죄를 범할까 두려워서 느리게 말한다는 것을 알았다.

자기만족에 빠져 있지 말라

나쁜 습관과 마찬가지로 이기주의로부터 벗어나라. 자기만의 만족에 빠져 있지 말고 자기과시나 사랑을 강요하지 말라. 남을 위해 아무것도 하고 싶지 않으면 하지 않아도 된다. 그러나 나만 좋으면 된다는 식으로 행동하는 것은 자제해야 한다.

친구보다
적이 좋은 점

항상 친구가 좋고 적이 나쁘다고 말할 수 없다. 때로는 적이 친구보다 도움을 주기도 한다. 친구는 언제나 우리의 실수를 묵인해주지만 적은 그렇지 않다. 우리의 실수를 폭로하고 공격하기 때문에 경계하고 주의를 기울일 수 있다. 그러니 적의 비판을 가벼이 넘기지 말라.

행복

02

참된 사랑은 무한하다

자신의 형제를 용서하지 못하는 자는 그 형제를 사랑하지 않는 것이다. 참된 사랑은 무한하다. 만약 참된 사랑이라면 아무리 커다란 모욕이라도 용서하지 못할 것이 없다.

"가족의 행복을 위해서"라는 변명

자신의 악행을 변명할 때 사람들이 가장 많이 드는 이유가 "가족의 행복을 위해서"라는 것이다. 인색, 부정한 상술, 노동자의 탄압, 부당 거래 등이 모두 "가족의 행복을 위해서"라는 이름으로 합리화되고 있다. 하지만 이러한 변명은 가장 옳지 않은 해명이기도 하다.

영원한 삶보다
더 유익하고 큰 평화

마음이 기쁘고 행복한 상태에 있을 때는 죽음의 문제가 흥미를 끌지 못한다. 그럴 때면 모든 것이 좋고 또 미래에도 좋으리라는 생각뿐이다. 인간에게 그 무엇보다 필요한 것은 삶에 있어서 미래에 있을 법한 그 무엇을 믿는 일이다. 지금까지 살아온 것 이상으로 의미 있는 삶을 살 수 있을 것이라는 믿음을 가져야 한다. 그와 같은 믿음은 인간이 몇백만 년, 몇천 세기의 영원한 삶을 사는 것보다 더 유익하고 더 큰 평화를 누릴 수 있게 한다.

행복을 원한다면 신의 법칙을 따르라

행복하게 살기를 원한다면 신의 법칙을 따르라. 신의 법칙을 따르는 것은 오직 노력에 의해서만 가능하다. 이 노력은 삶의 기쁨이 되어 자기에게 돌아올 뿐만 아니라 우리가 신의 사업에 동참하고 있다는 의식을 갖게 한다.

가정에 대한 사랑과 자기애

가정에 대한 사랑 속에는 자기애自己愛와 같은 감정이 있다. 거기에는 도덕적인 의미의 선도 악도 없다. 어느 쪽이나 자연스러운 발로다. 그러나 가정에 대한 사랑이나 자기애는 그 본래의 한계를 넘을 때는 죄악이 된다.

사랑이 존재하는 조건

식물은 행복을 빛 속에서 찾는다. 그늘을 피하고 빛 쪽으로 뻗어 나갈 뿐이다. 그 빛보다 더 좋은 다른 빛이 어디에 더 있는가를 알려고도 하지 않는다. 다만 이 세상에 있는 유일한 빛을 향하여 손을 내민다.

사람은 행복을 어디에서 찾는가? 남의 행복을 빼앗아 자기가 좋아하는 사람에게 주는 것은 행복이 아니다. 자기 마음을 벗에게 주는 것도 사랑이지만 그보다 큰 사랑은 스스로의 희생을 감수하는 것이다. 그러한 사랑 속에서 우리는 행복을 찾고 사랑의 보수를 받는다. 사람들 사이에 그러한 사랑이 존재하는 조건으로만 이 세상은 존재할 가치가 있다.

슬플 때
응급 처방책

어떤 일이 그대를 슬프게 하고 괴롭힐 때에는 다음과 같이 생각하라.

1. 그 이상으로 슬프고 괴로운 일이 얼마든지 나와 다른 사람에게 일어날 수 있다.

2. 과거에도 여러 가지 사건과 사정으로 슬퍼했고 괴로워했지만 지금은 조용하고 아주 태연하게 회상할 수 있다.

3. 가장 중요한 것은 지금 슬프고 괴로운 일도 하나의 시련에 지나지 않으며 이 시련을 발판으로 정신력을 더욱 강화할 수 있다.

행복을 찾는 사람

행복을 자기 밖에서 찾으려는 것은 잘못이다. 현재나 미래나 행복을 자기가 있는 곳이 아닌 다른 곳에서 찾는 자는 어리석은 자다.

극과 극은 통한다

사물의 극과 극은 상통하는 면이 있다. 우리는 언제나 분명하고, 이해하기 쉽고, 가장 확실한 것, 즉 감각기관을 통해 확인할 수 있는 것만 인정한다. 그러나 그러한 것들은 실제로 모호하고 난해하며 모순에 가득 찬, 가장 비실재적인 것이다.

완전한 기쁨

성 프란체스코의 말에 따르면 완전한 기쁨이란 부당한 비난을 참고 견디는 것, 그 때문에 겪어야 할 육체적인 고통을 견디는 것, 그리고 그 비난과 고통을 가져다준 자에게 적의를 품지 않는 것에 있다고 한다. 그러한 완전한 기쁨은 사람들의 악도, 자기 자신의 육체적 고통도 결코 파괴할 수 없는 진정한 신앙과 사랑의 의식 속에 있다.

생명의
원초적 희망

보통 사람들은 어렸을 때 느꼈던 행복한 감정을 잊지 못한다. 어린 시절에 보았던 모든 것을 사랑하고 경험했던 일을 기억한다. 부모를, 형제를, 이웃을, 악인을, 적을, 강아지와 망아지를, 그리고 나무까지도 사랑하고 싶어 한다. 오로지 모든 사람이 즐겁고 행복하기를 바라고, 특히 내가 그들을 행복하게 해주고 싶은 감정을 알고 있다. 언제나 모든 사람이 즐겁고 기쁘게 살기 위해 자기 자신을, 자신의 생명까지도 바치고 싶은 감정, 바로 그 감정이야말로 인간 생명의 원초적 사랑이다.

선이 되지 못한다면 악을 눈뜨게 하는 것

대인 관계에서 선善을 지키는 것은 당연한 의무다. 만약 타인에게 선이 되지 못한다면 그대는 악이다. 그 경우 그대는 타인에게 악을 눈뜨게 하는 것이다.

마음에 드는 것만 사랑하는 것

자기 마음에 드는 것만 사랑하는 것은 신을 사랑하는 것이 아니다. 사람을 사랑하는 것도 아니다. 진정한 사랑은 노력 속에서 얻어진다. 그대가 사귀고 있는 사람도 그대가 그대 자신을 사랑하는 것과 똑같이 그 자신을 사랑하고 있음을 생각하라. 그대 안에 신이 있듯이 그 사람 안에도 신이 있음을 기억하라. 그러면 그에게 어떻게 해야 할 것인지 그대는 알게 되리라.

행복하게 살라

벗이여! 무엇 때문에 존재의 신비에 대하여 속 썩고 있는가? 행복하게 살라. 기쁨 속에 시간을 보내라. 죽음에 임박해서는 그대에게 이 세상이 왜 이렇게 되어 있는가 하고 묻는 사람은 없을 것이다. 아침을 보라. 젊은이여, 일어나라! 그리하여 새벽의 기쁨을 호흡하라. 언젠가 때가 오면 이 허망한 세상에서 우리를 그토록 놀라게 하던 인생의 이 한순간을 그대가 아무리 찾아도 얻을 수 없게 되리라. 아침은 어둠의 장막을 벗겼다. 무엇을 탓할 수 있겠는가. 일어나라. 아침을 노래 부르자. 많은 아침은 이미 우리의 호흡이 끊어졌을 때라 할지라도 아직 힘차게 숨 쉬고 있을 테니까.

가난한 단칸방의 쉴 자리

부잣집에는 식구 세 사람에 방이 열다섯 칸이나 있어도 찾아온 거지가 쉬어 갈 방은 하나도 없다. 그러나 가난한 농부는 단칸방 오막살이에 일곱 식구가 살아도 낯선 나그네가 찾아들면 쉴 자리가 있다.

행복은

행복은 행복할 수 있다고
믿는 사람에게 찾아온다.

남녀 사이의
뿌리 깊은 편견

묘하게도 남자와 여자 사이에는 뿌리 깊은 편견이 하나 있다. 부엌일이나 바느질, 빨래, 그리고 아이를 키우는 일은 오직 여자의 일이며, 남자가 그런 일을 하는 것은 수치라고 생각한다. 이 괴상한 편견은 세상에 널리 만연해 있다. 그러나 허약한 임산부가 힘겹게 부엌일을 하고 빨래를 하고 아이를 돌보고 있을 때, 한가한 남편은 쓸데없는 일에 시간을 보내거나 아무 일도 하지 않고 빈둥거리고 있다면, 어느 쪽이 더 부끄러운 일인가?

자기희생의 학교

출산은 여자에게 자기희생의 학교다. 출산을 통해 자기를 희생하는 능력을 배운 여자는 다른 어떤 환경 속에서도 흔들리지 않고 이겨낼 수 있다.

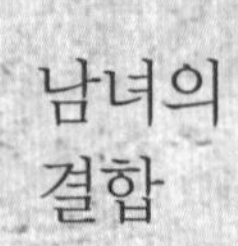

남녀의 결합

남자와 여자의 진정한 결합은 정신적인 교류 속에만 있다. 정신적 교류가 없는 성적 관계는 남편에게도 아내에게도 괴로움의 원천이 된다.

사랑은 결과이지 원인이 아니다

인생에서 처음 하는 것은 사랑이 아니다. 오히려 마지막 것이 사랑이다. 그리고 사랑은 결과이지 원인이 아니다. 사랑의 원인은 자신의 내부에 있는 신의 정신을 최초로 자각하는 것이다. 그 자각이 사랑을 요구하고 사랑을 낳는다.

모든 사람의 행복

우리는 모든 인간을 위한 보편적 행복이 어디에 있는가를 알지 못한다. 아니, 도저히 알 수 없다. 그러나 모든 사람이 행복에 도달하려면 오직 인간에게 주어진 선의 법칙을 실천하는 일을 통해서만이 가능하다는 것은 확실히 알고 있다.

불쾌한 감정에서 빨리 벗어나라

인간은 자기 행복과 자기만족을 첫째가는 가치로 두어야 한다. 불만은 죄와 같이 부끄러워해야 한다. 만약 자기 속에 무엇인가 불쾌함이 있다면 그것을 남에게 털어놓거나 화풀이해서는 안 된다. 가능한 한 빨리 그러한 감정을 없애도록 노력해야 한다.

달팽이 껍데기 속으로

주위의 모든 것과 자신의 처지에 불만을 느낄 때는 달팽이가 껍데기 속으로 들어가듯이 묵묵히 자기 속에 들어앉는 편이 낫다. 그렇게 잠시 동안 우울한 기분이 지나갈 때까지 기다리라. 그러면 다시 자기 인생에서 해야 할 일이 떠오르고 열심히 살아갈 힘이 솟아날 것이다.

불행은
누구의 잘못인가

인간은 행복하지 않으면 안 된다. 만일 불행하다면 그것은 그 사람 자신의 잘못이다.

자기 내면의 행복에 충실하다면

외면적인 문제는 일단 제쳐두고, 인생을 더 잘 살아가려면 어떻게 해야 할 것인가 하는 문제에 몰두한다면 그 사람의 생활이 얼마나 행복할까? 진정으로 그 사람이 내면의 행복에 충실하다면 그때에 외면적인 문제도 좋은 해결책을 찾을 수 있을 것이다.

행복은 내적 변화가 이루어진 곳에서만

진정한 행복은 외면적인 큰 변화, 즉 많은 사람이 동원되고, 충돌하고, 싸워 쟁취한 데서 생기는 것이 아니다. 오직 눈에 보이지 않는 미미한 변화, 다시 말해 사람들의 내적 변화가 이루어진 곳에서만 생기는 것이다.

이 지상에서
해야 할 일

이 지상에서 일어나는 모든 일은 그대가 어떠한 상태에 있다 하더라도 그대가 해야 할 일을 가르쳐준다. 그대가 건강하다면 그대의 힘을 다른 사람을 위해 쓰도록 하라. 혹 그대가 병들었다면 남에게 폐가 되지 않도록 애써야 한다. 만약 모욕을 당했다면 그대를 모욕한 사람을 사랑하고, 그대가 남을 모욕했다면 그것을 경험 삼아 다시는 악을 저지르지 않도록 노력하라.

행복을 원한다면 자기 자신 안에서부터

지금보다 더 나은 행복을 추구하는 사람들이 흔히 빠지는 오류는 행복을 자기 밖에서 찾는다는 점이다. 생활의 변화와 개선으로 행복해질 수 있다고 믿으면 믿을수록 더욱 더 변혁과 개선의 성취가 어려워진다.

꿈을 가지는 시기는 빠를수록 좋다

비록 처지와 형편이 어려울지라도 자신의 무한한 완성을 향하여 뜻을 세우는 시기는 빠를수록 좋은 법이다.

어린아이와
성자

기쁨은 어린아이나 성자나 똑같이 느끼는 감정이다. 어린아이가 언제나 티 없이 맑고 순수한 것은 '이성'이 아직 세상의 악에 물들지 않았기 때문이다. 성자에게 삶의 기쁨이 있는 것은 자신이 원하는 것을 향하여 꾸준히 노력할수록 신에게 가까이 갈 가능성이 높아진다는 것을 확신하기 때문이다.

완성을 향해 가는 기쁨

인생은 끊임없이 완성을 향하여 다가간다. 그리고 완성에 다가가고 있다는 것을 느낄 때 가장 기뻐한다. 이 완성에 참여하고 있다는 것만으로 모든 사람은 그 기쁨을 더욱더 크게 느낀다.

행복은 '상태'가 아닌 '방향'이다

인생은 진행이다. 그러므로 인생의 행복은 어떤 '상태'가 아니라 진행에 대한 어떤 '방향'을 말한다. 우리에게 행복을 주는 방향은 자기 자신을 위한 삶이 아니라 신에게 봉사하기 위해 나아가는 방향이다.

위험에 처할 때 덤불 속에 머리를 처박는 타조처럼

우리가 자신의 생활을 보장받고 싶어서 하는 여러 가지 일은 타조가 쫓길 때 머리를 덤불 속에 처박는 것과 같다. 우리가 하고 있는 일은 타조가 머리를 감추고 엉덩이를 미처 숨기지 못하는 것보다 더 우스꽝스럽다. 우리는 예측할 수 없는 미래의 불확실한 생활을 보장받기 위해 예측 가능한 현재의 확실한 생활을 서슴지 않고 파괴한다.

사랑의 뿌리

진리와 삶에 대한 이해가 부족하면 항상 생존을 위한 투쟁, 향락의 추구, 고뇌로부터의 도피, 그리고 피할 수 없는 죽음을 지연시키려는 일로 지향하게 된다. 향락을 원하는 마음은 더욱 투쟁을 강하게 하고 고뇌를 깊게 하며 죽음을 가까이한다. 그리고 죽음과 고뇌를 감추기 위해 더욱더 향락을 갈망한다. 그러나 향락에는 한계가 있다. 그 한계를 넘으면 향락은 고통으로 바뀌고 고통은 공포를 더하며 공포는 죽음을 부른다.

진실한 삶에 대한 이해가 부족한 사람은 이 공포의 주된 원인이 향락이라는 것을 모르며 그것을 누리고 소유하기 위해서는 폭력을 써도 상관없다고 생각한다. 만인의 행복과 만인의 평등은 자신의 향락에 방해가 될 뿐이라고 여긴다. 그러나 그가 방해라고 생각하는 것이야말로 사랑의 뿌리이며 참된 행복의 시작이다.

불만이 크면 클수록
지혜에서 멀어진다

다른 사람에 대해서, 또 자기 환경과 처지에 대해서 만족하지 못하고 불만을 느끼면 느낄수록 그 사람은 거룩한 지혜에서 먼 곳에 있는 것이다.

03

시간

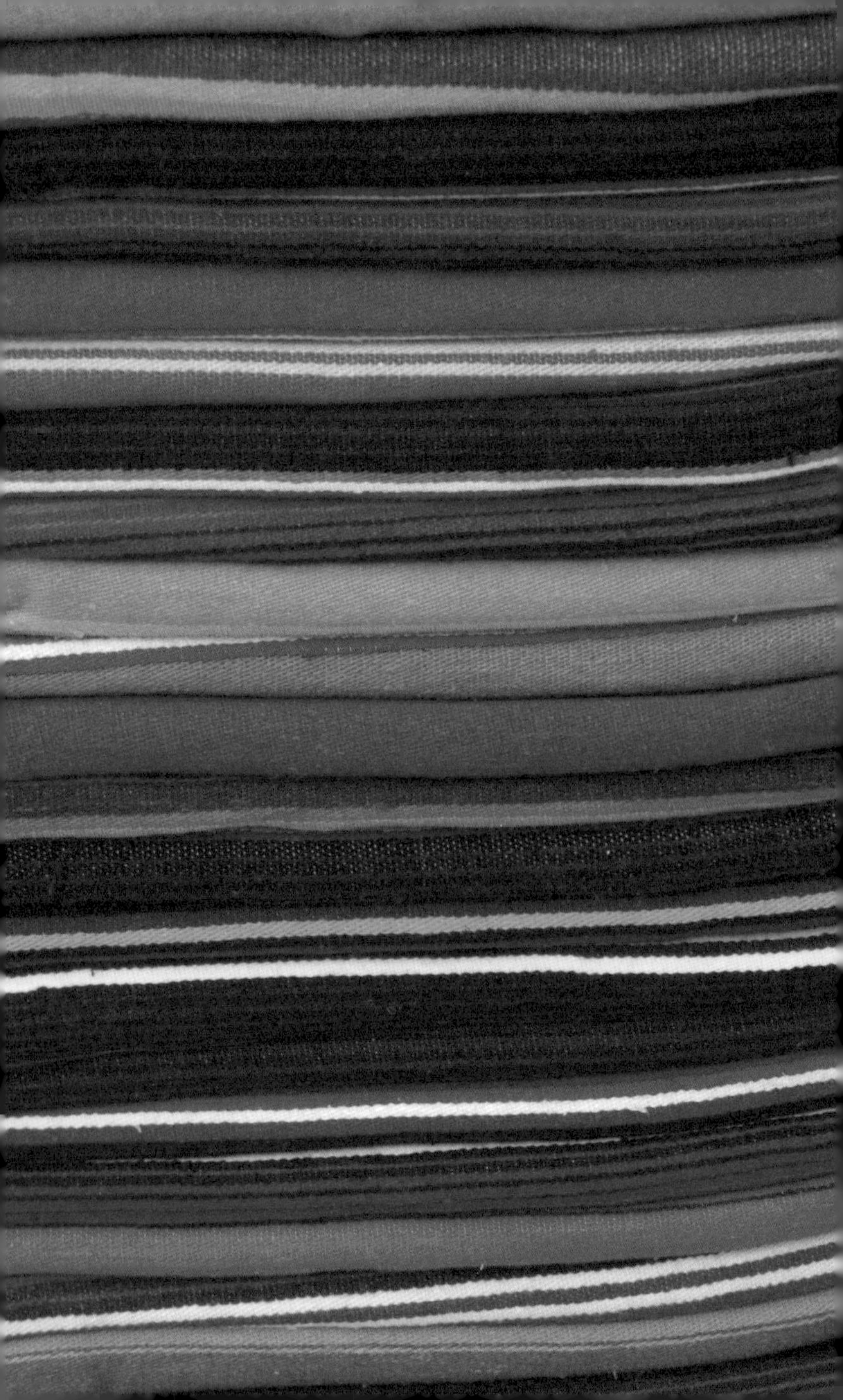

남들이
모두 그러니까

평범한 사람들을 커다란 불행으로 이끄는 유혹은 "남들이 모두 그러니까"라는 말 속에 숨어 있다.

영원히 살 것처럼,
당장 죽을 것처럼

영원히 그리고 동시에 이 순간을 살라. 영원히 살 것처럼 일하고, 지금 당장 죽을 것처럼 사람들을 대하라.

때를 알고 준비하는 자가 봄을 맞는다

"한 마리의 제비가 봄을 가져오는 것이 아니다"라는 속담이 있다. 한 마리의 제비가 봄을 불러올 수 없다고는 하지만 이미 봄을 감지한 제비가 날아오지 않고 가만히 앉아서 기다리고만 있을 수는 없는 일이다. 만약 온갖 꽃망울과 풀들이 가만히 기다리고 있기만 한다면 봄은 결코 오지 않을 것이다. 이처럼 일을 성취하고자 한다면 때를 먼저 알고 준비해야 한다. 그러기 위해서 굳이 자신이 첫 번째 제비인지 열 번째 제비인지 생각할 필요는 없는 것이다.

미래에 대해
걱정이 많은 사람들에게

"앞으로 무슨 일이 일어날지, 또 어떤 상황에 부딪힐지 모르면서 어떻게 살아나갈 수가 있겠는가" 하고 미래를 염려하는 사람이 많다. 그렇지만 미래에 무엇이 기다리고 있는지 알지 못할 때에만 우리는 진정한 생활을 할 수 있다. 그리고 그때 비로소 우리는 인생의 의미를 깨닫고 신의 뜻을 실천할 수 있다. "신만이 알고 계신다"라고 하는 삶의 인식이 신과 신의 법칙에 대한 신앙을 증명해준다. 그때 진정한 자유와 삶이 보장된다.

뉘우친다는 것은

뉘우친다는 것은 자신의 죄악과 잘못을 완전히 시인하는 것이며 자신의 약점을 있는 그대로 인정하는 것이다. 뉘우침은 모든 악을 없애고 마음을 깨끗이 한다. 그리하여 마음이 선을 향해 나아갈 준비를 하는 것이다.

양심과 죄책감

자기 양심에 가책을 느끼면 느낄수록 더욱더 남의 허물을 찾으려고 한다. 특히 자기에게 죄책감이 들게 하는 사람의 허물을 찾으려 노력한다. 후회는 앞으로 그 후회한 것을 되풀이하지 않겠다는 결심을 할 때만 진실이다.

무엇이
소중한 것일까?

사람들은 참으로 가엾은 존재다. 도덕이나 지혜의 순수함, 좋은 습관을 잃는 것은 잃는 것으로 생각하지 않는다. 대신에 재산, 가족, 아름다움, 건강, 세속적 명예를 잃을 때 귀한 것을 잃는 것으로 생각한다.

단순하게 사는 일

진정으로 선한 것은 단순하다. 단순하다는 것은 부담이 없고 유익함을 의미한다. 그런데도 단순하게 사는 사람이 적다는 것은 놀라운 일이다.

인생의 의미

왜 사느냐고 물으면 그에 대한 대답은 다양하다. 그러나 정답은 없다. 인간으로서 알아야 할 것은 바로 인생의 의미다. 스스로 학문이 높다고 자처하는 사람일수록 인생의 참된 의미를 알지 못하고 산다. 그들의 주장은 신도, 삶도 하등의 의의가 없다는 것이다.

슬픔과 어울리지 않는 감정,
허영

허영은 슬픔과 어울리지 않는 감정이다. 허영은 인간의 본성 속에 섞여 있는 탓에 어떤 슬픔도 몰아내지 못한다. 슬픔에 잠겨 있는 사람들 마음속에서도 허영은 남들이 자기를 상처받고 불행에 빠진 사람이라고 생각해주기를 바라는 욕망으로 나타난다. 천한 허영은 아주 큰 슬픔 속에서도 우리에게 달라붙어 떨어지지 않는다. 오히려 이웃의 슬픔이 남들에게 일으키는 동정심을 빼앗기도 한다.

우울증이 찾아올 때 응급 처방

모든 것을 절망적으로 보고, 피해 의식에 사로잡히고, 아무한테나 악담을 퍼붓고, 짜증과 신경질을 내고 싶을 때는 절대로 자기 자신을 믿지 말라. 그런 때에는 자신을 정신 못 차리는 주정뱅이라고 생각하라. 그리고 그런 상태가 지나가기를 기다리라. 그럴 때에는 잠자코 있으면 있을수록 일찍 원상으로 회복된다. 마치 술 취했을 때의 꿈과 같이.

유능한 노동자처럼

사람들은 자기가 왜 살고 있는지 모른다. 그러기 때문에 산다는 것이 얼마나 중요한가를 알지 못한다. 큰 공장에서 아무런 생각 없이 기계적으로 일하는 노동자는 자기가 하고 있는 일이 얼마나 중요한가를 모른다. 그러나 유능한 노동자는 자기가 지금 하고 있는 일이 얼마나 중요한가를 알고 있다.

우울을 사랑하고 자랑하는 사람

우울이나 불안을 마음에 품고 있으면서 그것을 좋아하고 자랑삼아 이야기하는 사람들이 있다. 그것은 마치 자신을 태운 말이 갑자기 산으로 내달려 가는데 고삐마저 놓쳐버린 상황에서 채찍질을 세게 하는 것이나 다름없다.

Prapa

옆 사람에게 전염되는 우울과 불안

우울해하거나 공연히 불안해하는 사람은 주위 사람들을 괴롭게 할 뿐만 아니라 그런 감정을 남에게 전염시키기도 한다. 여러 사람과 있을 때는 남에게 불쾌감을 주는 일을 하지 않듯이 감정도 그래야 한다. 생각이 깊은 사람은 사람들과 같이 있을 때에는 자기 감정을 드러내지 않는다.

우울할 때 자신의 마음 상태를 살펴보기

세상이 추악하게 보이고, 인간들이 불쾌하게 생각되고, 모든 것이 어리석고 추하게 느껴질 때는 그러한 마음 상태를 잘 이용해보는 것도 좋다. 즉, 그럴 때에 자신을 잘 살펴보라. 그러면 자신 속에서 평소에는 보지 못했던 것을 볼 수 있으리라. 그때 자신 속에서 발견되는 추함과 부족함은 무익한 것만은 아닐 것이다.

괴롭고 힘들 때 외우는 주문

삶이 괴롭고 힘들 때, 사람들이 두려워지고 자기 자신이 두려워질 때, 또는 어떻게 생각하고 행동해야 할지 갈피를 잡을 수 없을 때, 그대 자신에게 이렇게 속삭여보라. "나와 같이 사는 사람들을 사랑하자"라고. 그러면 어느새 그대의 모든 괴로움이 사라지고 마음이 한결 가벼워질 것이다. 그대는 아무것도 두려워하지 않으며 어떤 어려움이 닥쳐도 능히 이길 수 있을 것이다.

후회할 일을 줄이도록 노력하는 것이 최선

무한한 우주 속에서 가장 귀한 것은 자기 생명이다. 자기가 할 수도 있었고 또 해야만 했던 일을 하지 못했다는 죄의식은 누구에게나 있다. 그것은 언제까지나 있을 것이다. 후회할 일을 줄이도록 노력하는 것이 최선이다.

건강할 땐 미처 깨닫지 못했던 것들

몸이 병들거나 불행이 닥쳤을 때에야 사람들은 비로소 지난 과거를 되돌아보며 후회한다. 왜 불쌍한 사람을 도와주지 않았을까, 어찌하여 도움을 청했던 사람의 요구를 매정하게 거절했을까 하며 괴로워하고 안타까워한다.

전력을 다해 현재에 투자하라

우리는 지나간 일을 생각하며 괴로워한다. 그리고 장래에 있을 일 때문에 자신을 파괴한다. 지난날의 기억과 아직 닥치지 않은 미래의 불안으로 고민하는 것은 우리가 현재를 가볍게 생각하기 때문이다. 그러나 과거도 미래도 다 부질없다. 현재만이 실재인 것이다.

그대의 온 힘을 다해 현재에 투자하라. 그러면 그대의 지난날에 대한 고뇌도, 미래에 대한 불안도 해소될 것이다.

사랑에는 실천이 따라야 한다

일반적으로 사랑은 좋은 일로 여긴다. 우리는 사랑을 그렇게 이해할 뿐 달리 해석할 길이 없다. 사랑은 말로만 그치는 것이 아니라 남에게 행복을 가져다주는 '실천'이 따라야 한다. 사람이 만일 장래에 더 큰 사랑을 하겠다는 이유로 현재의 작은 사랑의 요구를 받아들이지 않는다면 그는 자기와 남을 속이고 있는 것이며 자기밖에는 아무도 사랑하지 않는 것이다. 미래의 사랑이란 있을 수 없다. 왜냐하면 사랑은 오직 현재의 행동에 지나지 않기 때문이다. 현재 사랑을 보여주지 않는 사람은 사랑을 하지 않는 사람이다.

후회하는 일은 말하지 말라

후회하는 일은 말하지 말라. 슬퍼하고 탓한들 무슨 소용이 있겠는가? 거짓은 '후회하라'고 말하지만 진실은 '오직 사랑하라'고 말한다. 신에게서 떠난 자는 살아 있지 않은 자와 같다. 모든 기억을 내던져 버리고 사랑의 그늘 아래서 살라. 그리고 모든 것은 지나가게 하라.

무지한 자에게는 인생이 길다

잠이 오지 않는 자에게는 밤이 길고, 지친 자에게는 지척의 길도 멀고, 무지한 사람에게는 인생이 길다.

운명을 이기는 것은 '현재'라는 시간

흔히들 인간은 운명이라는 것을 가지고 있어서 자유롭지 못하다고 말한다. 그러나 운명이라는 것은 이미 정해진 것이고 인간은 언제나 현재에서만 행동할 수 있다. 때문에 인간은 현재라는 그 순간에서는 늘 자유롭다.

오늘, 신이 존재하는 시간

오늘이야말로 우리가 신에 속하는 본질을 그대로 보여주는 시간이다. 오늘이라는 이 시간을 존중하라. 신은 오늘이란 시간 속에 존재한다.

인생의 중요한 때와
중요한 사람 그리고 중요한 일

사람들이 성자에게 이렇게 물었다.

"인생에 있어서 어느 때가 가장 중요합니까? 그리고 어떤 사람이 가장 중요하며 또 어떤 일이 가장 중요합니까?"

그러자 성자가 대답했다.

"가장 중요한 때는 현재뿐입니다. 인간은 현재에서만 자신을 통제할 수 있기 때문입니다. 가장 중요한 사람은 현재 당신과 함께하는 사람입니다. 왜냐하면 사람은 어느 누구와 함께할지 모르기 때문입니다. 그리고 가장 중요한 일은 서로 사랑하는 일입니다. 인간은 모든 사람과 서로 사랑하려고 이 세상에 보내졌기 때문입니다."

우울이란

우울이란 인간이 자신의 삶 속에서 참된 의미를 찾지 못할 때 마음에서 일어나는 증상이다.

사랑이라는 열쇠

어린아이들은 자기의 영혼을 안다. 그 영혼은 아이들에게 귀한 신이다. 눈을 보호하듯이 아이들은 그 영혼을 지킨다. 사랑이라는 열쇠 없이는 아무도 그 영혼 속으로 들어갈 수 없다.

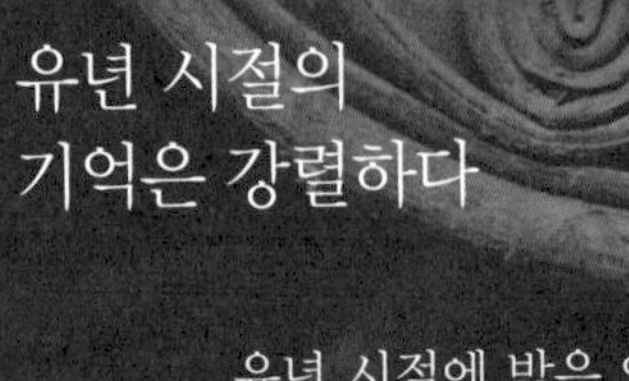

유년 시절의 기억은 강렬하다

유년 시절에 받은 인상은 매우 강렬하다. 간접경험은 아이들에게 주어진 실제의 1000분의 1도 영향력이 없다. 눈으로 부조리를 보고 있는 한 아무리 책을 읽혀도 헛수고일 뿐이다.

삶은 끊임없는 투쟁이다

삶은 영혼과 육체의 끊임없는 투쟁이다. 이 투쟁에서는 항상 영혼이 승리를 거둔다. 그러나 그 승리는 결코 결정적인 것은 아니다. 이 투쟁은 영원토록 계속되며 그것이 인생의 본질을 이루고 있다.

현재라는 이 순간

시간은 존재하지 않는다. 존재하는 것은 현재라는 순간뿐이다. 그리고 그 현재 속에서 삶이 이루어지고 있는 것이다. 그러므로 인간은 현재에만 모든 정력을 기울여야 한다.

어린이는
어른의 아버지

어린아이들은 어른들보다도 훨씬 도덕적이다. 어린아이들의 생각은 아직 거짓이나 유혹과 죄악에 의해 사악하게 되는 일이 없다. 그뿐만 아니라 아이들을 방해할 요소가 없기 때문에 이들에게서 완전한 것을 기대할 수 있다. 그러나 어른들에게는 죄와 유혹과 미신이 가로막고 있어서 아이들은 지나칠 일을 가지고도 싸우지 않고서는 못 배긴다.

사색

04

자기 생각이 없으면 남의 생각에 따를 수밖에 없다

스스로 생각하지 않으면 다른 사람의 주장과 선동에 따르게 된다. 자기 자신의 사색을 누군가에게 공물로 바치는 것은 자기 육체를 공물로 바치는 것보다 천한 일이다.

많이 배운 사람이 저지른 죄가 더 무서운 결과를 낳는다

어느 누구보다도 많이 배운 사람이 죄를 저지를 때 가장 무서운 결과를 낳는다. 배움이 적고 음흉한 사람은 학식 있고 방종한 사람보다는 오히려 낫다. 전자는 눈이 먼 사람같이 발을 헛디딜 수 있지만 후자는 위험한 줄 알면서도 우물에 빠지는 것과 같기 때문이다. 현대에 들어서 일찍이 존재하지 않았던 문화적 혜택을 입으면서 사람들이 범하는 죄악은 가장 증오할 후자의 것에 속한다.

생각은
손님과 같다

생각은 손님과 같다. 처음 방문에서는 큰 기대 없이 찾아왔을지라도 우리가 어떻게 대하느냐에 따라 더 자주 찾아올 수 있다. 그러니 그대가 오늘 '그것'에 대해 많이 생각했다면 내일 실행하라.

물과 지혜

이 그릇에서 저 그릇으로 물을 옮겨 담듯이, 지혜라는 것도 많이 가지고 있는 자로부터 가지고 있지 못한 자에게 퍼줄 수 있는 것이라면 얼마나 좋을까? 그러나 슬프게도 지혜를 받는 것은 물 담듯이 되는 것이 아니다. 남의 지혜를 받아들이자면 먼저 스스로 노력하지 않으면 안 된다.

현명한 사람이라면

현명한 사람에게는 세 가지 특징이 있다.
첫째, 남이 해주기를 바라는 것을 스스로 한다.
둘째, 결코 정의에 어긋나는 행동은 하지 않는다.
셋째, 주위 사람들의 약점을 잘 참고 도와준다.

이성의 소리를 억누르면

이성은 사람들이 인생의 규범에서 벗어나 있을 때 그것을 일깨워 준다. 그러나 사람들은 인생의 규범에서 벗어나 완전히 익숙해지면 그것을 편하게 여기는 경향이 있다. 그것이 습관이 되어버리면 이성의 소리를 억누르고 자신은 혼란에 익숙해진다.

이성적인 사람

이성적인 사람은 악인이 될 수 없다.
지혜로운 사람은 언제나 이성적이다.
그러므로 이성의 작용으로 자기 내부의 선을 키우고,
사랑을 키움으로써 이성을 깊게 하라.

숨어 있는 지혜로운 사람들

우리 주변에는 자기 스스로 많이 배우고, 예의가 바르고, 게다가 인격을 갖췄다고 자부하는 이들이 많다. 그런데 이들이 미처 깨닫지 못한 것이 있다. 그것은 자기 인생의 의의도 모르면서 오히려 모르는 것을 자랑으로 삼는다는 점이다.

그와는 반대로, 화학의 분자식도 모르고 천문학이 무엇을 연구하는 학문인지, 또 라디오의 원리는 무엇인지 전혀 알지 못하는 사람들, 심지어 낫 놓고 기역 자도 모르는 문맹자들 가운데 인생의 의의를 알고 있는 지혜로운 사람을 찾을 수 있다. 그들은 자신의 지혜를 자랑하지도 내세우지도 않는다. 다만 끝없는 자만에 빠져 자기의 실상을 알지 못한 채 미망의 구렁텅이에 빠져드는 사이비 지성인을 연민의 시선으로 바라볼 뿐이다.

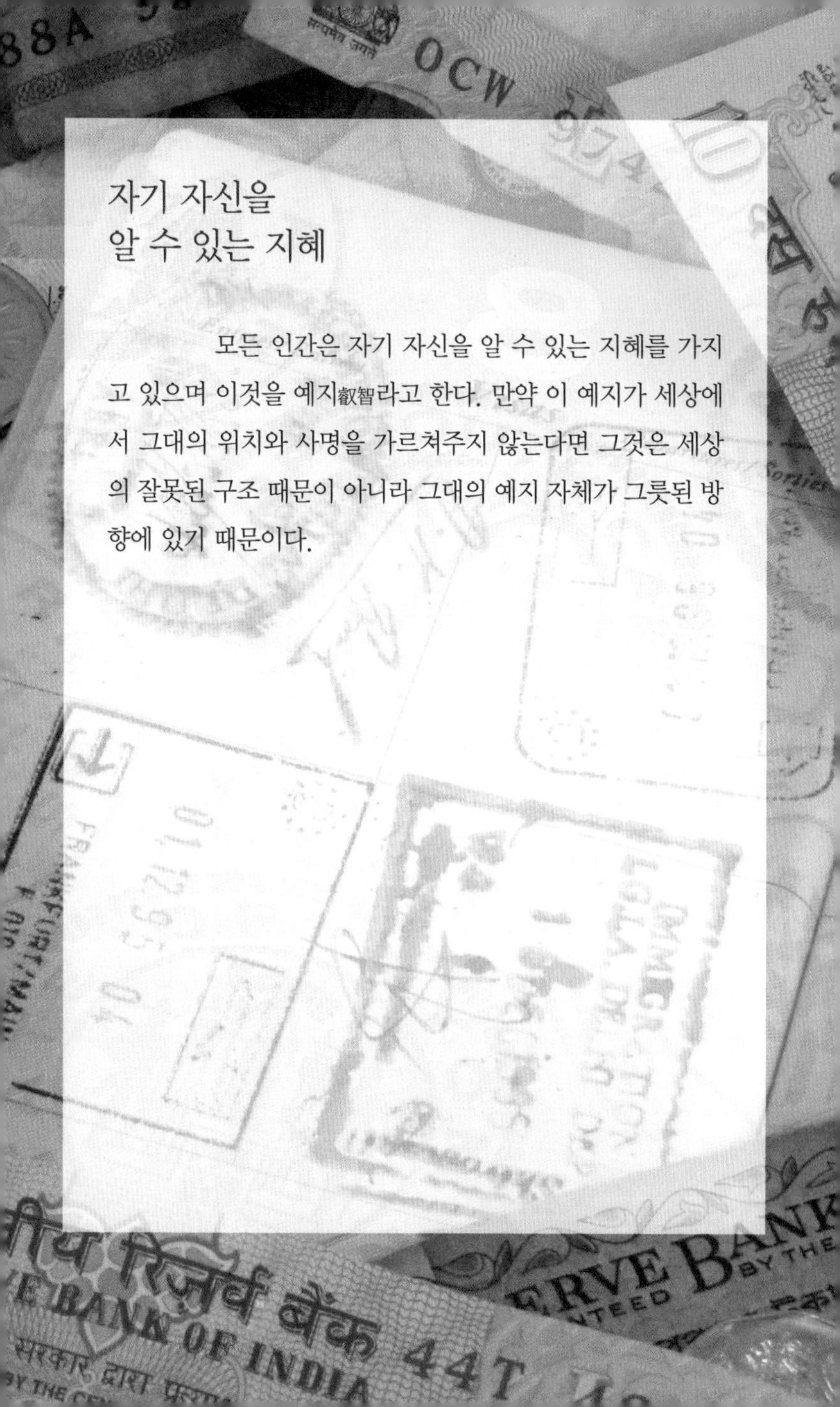

자기 자신을 알 수 있는 지혜

모든 인간은 자기 자신을 알 수 있는 지혜를 가지고 있으며 이것을 예지叡智라고 한다. 만약 이 예지가 세상에서 그대의 위치와 사명을 가르쳐주지 않는다면 그것은 세상의 잘못된 구조 때문이 아니라 그대의 예지 자체가 그릇된 방향에 있기 때문이다.

물질적 변화와 정신적 진보

우리는 실생활에서 일어나는 변화를 똑똑히 볼 수 있다. 전에는 사람이 타고 짐을 나르는 데 마차를 썼지만 지금은 증기기관차로 바뀌었고, 양초는 전등으로, 열은 가스나 전기로 바뀌었다. 이렇듯 물질적 변화는 누구나 확연히 볼 수 있지만 그에 비해 정신적인 진보는 보이지 않는다.

진실한 자아의 목소리를 들을 수 있는 사람은

자신의 마음속에서 속삭이는 수많은 목소리 가운데 진실하고 영원한 자아의 목소리를 분간해 들을 수 있는 사람이라면 그는 결코 과오를 저지르지 않고 악한 일도 하지 않을 것이다. 그러기 위해서는 무엇보다 자신을 알아야 한다.

만약
이성이 없다면

만약 인간에게 이성이 없다면, 인간은 인생의 의의를 이해할 수 없을 것이다. 인생의 의의를 이해할 수 없다면 인간은 선과 악을 구별할 수 없고 참된 행복을 찾을 수 없으며 그것을 누릴 수도 없을 것이다.

사람들은 자기가 배운 것을
믿는 경향이 있다

이 세계에서는 참된 신앙이 속론俗論에 밀려나고 있다. 사람들은 신을 믿지 않는다. 이제 사람들은 자기들이 배운 것만 믿으려고 한다.

돈지갑을 잃는 것과 정신적 재산을 잃는 것

돈이 든 지갑을 잃어버렸을 때 사람들은 속상해한다. 그러나 머릿속에 떠오른 생각, 다른 사람에게서 들은 좋은 사상, 자기 인생에 적용하면 도움이 될 만한 사상 등은 곧잘 잊어버리면서도 많은 사람이 황금보다 귀한 정신적 재산을 잃는 것에 대해서는 아까워할 줄 모른다.

거짓을 폭로하는 것도 진리를 밝히는 것만큼이나 중요한 일

거짓을 폭로하는 것은 진리를 확실하게 밝히는 것만큼이나 인류가 행복을 얻는 데 있어서 중요한 일이다.

인간에게
이성이 주어진 이유

사람이 자신의 이성을 "세계는 왜 존재하고 나는 왜 사는가?"라는 문제를 푸는 데 쓴다면, 아마 구토증과 현기증을 느낄 것이다. 인간의 이성으로는 이러한 문제에 대한 해답을 생각해낼 수 없다. 그렇다면 인간에게 이성이 주어진 이유는 무엇일까? 인간의 근원적인 문제를 제기하는 것 자체가 이미 이성의 혼란을 겪는 일인데 왜 인간에게 이성을 주었을까? 그것은 문제의 해답을 찾게 하기 위함이 아니라 그런 문제를 제기하는 일, 그 자체 때문이다. 인간의 이성은 단지 "어떻게 살아야 할 것인가?"라는 문제만을 해결한다. 그리고 그 해답은 간단하고 명료하다. 자기뿐만 아니라 모든 사람이 다 같이 행복하게 사는 것, 바로 그것이다. 그리고 이러한 답은 "왜?", "어떻게?"라는 의문까지 같이 해결해준다.

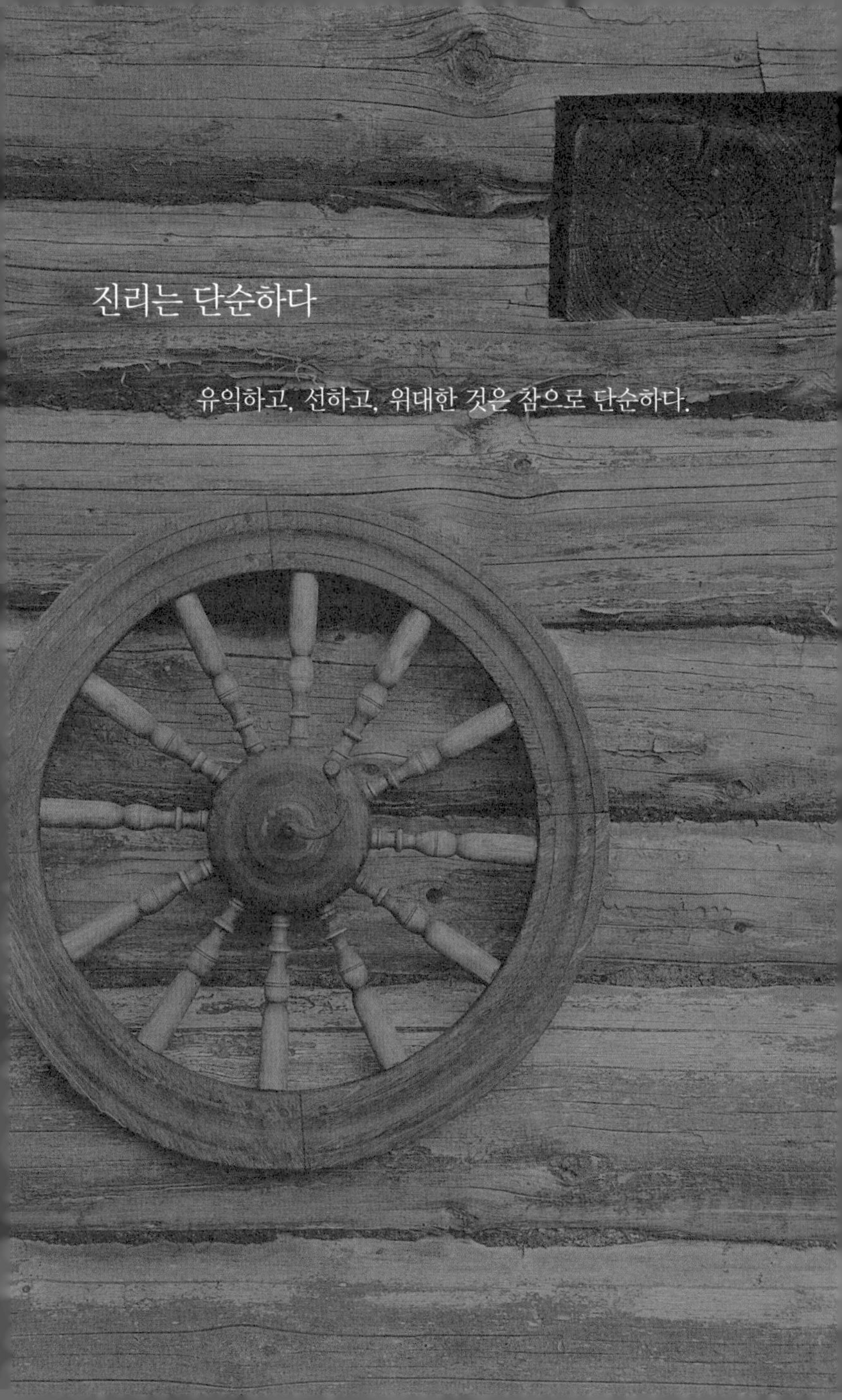

진리는 단순하다

유익하고, 선하고, 위대한 것은 참으로 단순하다.

영향력 있는 사람이라면
언행에 특히 조심하라

전염傳染이란 사회생활을 하는 데 있어서 불가피하게 발생할 수 있는 조류潮流와도 같다. 자기에게 전해져 오는 것을 받아들일 때는 아무리 주의해도 전염될 수밖에 없다. 전염의 위력이 크기 때문이다. 그러므로 영향력이 있는 사람이라면 말과 행동에 있어서 엄격하지 않으면 안 된다. 언행은 남에게 쉽게 전염되는 매개체이기 때문이다.

가까운 사람들의 견해에 쉽게 공감한다

사람들은 자기와 함께 살고 있는 사람들이 공유하는 견해에 기울기 쉽다. 우리의 성격과 생활이 대단한 것이 못 되는 까닭은 거기에 있는 것이다. 중대한 위험은 사람들을 타락시키는 악한 사람들에게 있는 것이 아니다. 개울의 흐르는 물처럼 사람들에게 남의 사상을 옮겨 전하여 그들을 그 자신으로부터 멀리 떼어놓는 몰지각한 사람들에게 있다.

도덕적 규범

도덕적 규범은 명백한 것이어서 오늘에 이르기까지 사람들이 그것을 알지 못하고 지낼 수는 없다. 그런데 지금까지도 그것을 모르는 사람이 있다면 그 사람은 자기의 이성을 부정하는 것이다

이성은 앞길을 비춰주는 등불

인생에 있어서 이성은 어두운 길을 비춰주는 등불과 같다. 그 사람은 절대로 등불이 비치는 곳의 끝자락을 밟을 수 없다. 등불이 언제나 앞으로 먼저 나아가기 때문이다. 인생에서 이성은 그와 같은 등불이다. 이성적인 삶에서 고통과 두려움은 있을 수 없다. 왜냐하면 그 등불은 이성적인 사람을 언제까지나 비춰주고, 그 사람은 한평생 그랬던 것처럼 등불이 밝히는 데로 평화로이 걸어가면 되기 때문이다.

어린아이의 말, 바보의 허튼소리, 미치광이의 잠꼬대

많은 사람이 위대하다고 인정하는 사람들이 쓴 심오한 사상은 대개의 경우 진리를 인식하는 데 큰 장애가 된다. 때때로 신의 진리는 어린아이의 한마디 말 속에서, 바보의 헛소리에서, 미치광이의 꿈에서 찾아볼 수 있다. 그리고 단순한 사람들의 이야기나 편지 속에서 나타나기도 한다. 위대하고 신성하다고 인정받고 있는 책에서도 아주 유치하고 엉터리인 사상을 만날 수 있다.

자신의 생각대로 행동하는가, 다른 사람의 생각을 좇아가는가

사람들은 대부분 자신의 생각대로, 또는 다른 사람의 생각대로 행동한다. 생각이 자기 것이냐, 아니면 남의 것이냐에 따라 커다란 차이가 있다. 어떤 사람들은 거의 대부분 자신의 사색을 지적인 유희에만 쓰는가 하면 실제 행동에서는 남의 사상이나 관습, 전통에 따른다. 또 다른 사람들은 자신의 사색이 자신의 행위에 대한 중요한 원동력이라 생각하고, 자신의 이성이 명령하는 것을 듣고 그것에 따른다. 그런 사람들은 검토하고 평가하고 난 뒤에 자신의 의지에 따르고 남들에 의해 결정된 것에 따르는 일은 드물다.

사람의 됨됨이는
도덕적 완성의 단계

진리를 입으로 말하는 것은 쉽다. 그러나 진리를 얻기 위해서는 얼마나 많은 내면의 노력이 필요한 것일까? 사람의 됨됨이는 그 사람의 도덕적 완성 단계를 알려준다.

교양

05

지금은 '어떻게 살 것이냐'를 생각할 때

많은 것을 아는 것이 참된 지혜는 아니다. 이 세계는 무한하여 아무리 노력해도 다 알 수 없다. 참된 지혜는 어떤 지식이 필요하고 어떤 지식이 중요하지 않은가를 아는 것에 있다. 지금 우리에게 가장 필요하면서 중요한 지식은 '어떻게 살 것이냐'를 아는 것이다. 즉, 어떻게 해야 악을 적게 행하고 선을 많이 행하며 살 수 있는가를 아는 것이다.

지식에서 중요한 것은 양이 아니라 질이다

굉장히 많이 알고 있으면서도 가장 필요한 것은 모르는 사람이 있다. 중요한 것은 지식의 양量이 아니라 질質이다.

성현의 가르침을 활용하라

과거의 성현들이 전하는 가르침을 십분 활용하는 것도 지혜다. 하지만 자신의 이성으로 그 가르침을 검토한 후 취할 것은 취하고, 버릴 것은 버려야 한다. 이러한 과정을 거쳐야 비로소 세계와 신에 대한 관계를 수립할 수 있다.

거짓된 지식에서
악이 시작된다

모르는 것을 두려워하지 말라. 오히려 거짓된 지식을 두려워하라. 이 세상의 모든 악은 그것에서 시작되느니.

지식인이라면 이해하기 쉽고 분명한 글을 써야 한다

지식과 학문에 있어서 명료하지 못한 글과 정확하지 못한 설명은 해롭다. 그런데 소위 학자라고 불리는 사람들이 이러한 짓을 하고 있다. 정확하지 못한 이해와 판단으로 애매하고 공허한 언어를 사용하고 있다.

씨를 뿌리고 거두지 않는 사람

지식이 있으면서 이용하지 않는 사람은 씨를 뿌리고도 거두지 않는 사람과 같다.

많은 지식을 가졌다고 우쭐해할 것 없다

지식은 무한하다. 많은 지식을 가진 자는 조금밖에 알지 못하는 자에 대하여 우쭐해하지만 사실 그것은 지극히 근소한 차이에 지나지 않는다.

예술은 인간의 사업

예술이란 예술가가 의식적으로 어떤 외부적 기호를 통해 자신이 겪은 감정이나 체험 혹은 상상한 것을 다른 사람들에게 전달하고, 그들에게 그 감정을 이입시켜 그것을 체험하게 하는 것을 목적으로 하는 인간의 작업이다.

모르는 것을 아는 척하는 것이야말로 무식한 것

소크라테스는 우둔愚鈍을 총명과 양립하기 어려운 것으로 생각하였으나, 무지無知를 우둔이라고 부르지는 않았다. 오로지 자기 자신을 알지 못하는 것, 자기가 모르는 것을 알고 있는 것처럼 상상하는 것, 이것이야말로 진정으로 그 자신이 무식한 것이며 미치광이인 것이라고 하였다. 모른다는 것은 부끄러운 일도, 나쁜 일도 아니다. 아무도 모든 것을 다 알 수는 없다. 모르는 것을 아는 척하는 것이야말로 부끄러운 일이며, 웃기는 일이다.

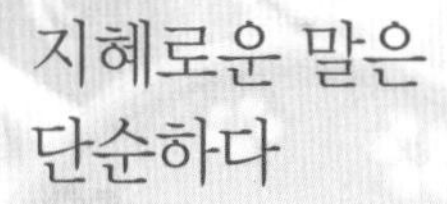

지혜로운 말은 단순하다

허위의 과학과 거짓된 종교는 언제나 그럴듯하게 표현된다. 이 말솜씨에 신앙이 약한 사람들은 신비롭고 중요한 것으로 받아들이기도 한다. 소위 학문이 좀 깊다는 사람들이 논의하는 내용들을 들어보면 남이 알아들을 수 없을 뿐만 아니라 정작 본인들도 잘 알지 못하는 경우가 많다. 학문의 일정한 목적은 사람들에게 행복을 가져다주는 진리로 인식되어야 하는데도 말이다. 그들이 하는 말은 마치 직업적인 설교사의 설교와 같다. 라틴어나 기묘한 말투로 얼토당토않은 것을 조작해낸다. 그러나 깊은 지혜를 가진 사람일수록 그가 하는 말은 쉬우면서 단순하여 누구나 이해하기 쉽다.

완전한 지식이라도 도덕적 완성에 이르지는 못한다

천문학 · 기계학 · 생리학 · 화학 그리고 기타 모든 과학은 각각 개별적으로 속하는 생활의 측면을 연구하는 것이다. 그러나 총체적으로 인생의 결론을 맺지는 못한다. 다만 원시 시대에는 아직 막연하여 확실한 형태를 갖추지 못했다. 그중 일부에서는 그 분야의 관점에서 생명의 모든 현상을 파악하려고 시도했다. 그러나 새로운 개념과 이론을 만들어내기 시작하자 과학은 그만 혼란에 빠지고 말았다. 천문학 이전의 점성술이 그랬고, 화학 이전의 연금술이 그랬다. 오늘날 진화론도 단순히 생명의 한 부분 또는 몇몇 측면만 관찰하면서 생명에 대한 모든 것을 연구하는 것처럼 주장하고 있다. 아무리 완전한 지식이라고 할지라도 인생의 중요한 목적, 즉 도덕적인 완성에 이르는 데는 도움이 되지 못한다.

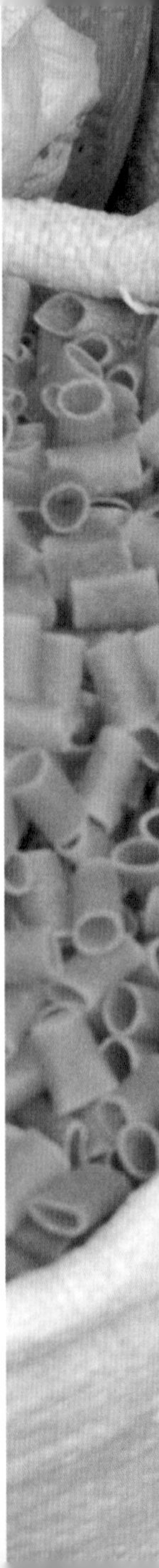

et Wt. 25

지혜와
지식은 다르다

지혜와 지식은 전혀 다른 성질의 것이다. 세상에는 많은 지식을 가졌으면서도 지혜가 부족한 사람이 많다. 지식은 어떤 대상에 대하여 배우거나 실천을 통하여 현실적인 조건을 이해하고 형성하는 능력이다. 지혜는 자신의 세계와 신의 관계를 스스로 밝히는 능력이다. 즉, 신에 속하는 마음의 본성이다. 지혜는 지식과 같은 것이 아닐뿐더러 정반대의 것이다. 지혜는 지식이 인간의 위에 놓아주는 여러 유혹과 기만으로부터 인간을 자유롭게 한다. 그것은 지혜의 중요한 작용이다. 지혜는 유혹을 이기고 인간의 마음속 본질에 사랑의 모습을 만들어낸다.

허영을 위한
지식을 경계하라

필요 이상으로 많이 아는 것보다는 가능한 한 적게 아는 편이 오히려 낫다. 무지한 것을 두려워하지 말라. 그보다는 지나친 지식, 너무 무거운 짐이 되는 지식, 허영을 위한 지식을 경계하라.

남에게 과시하기 위해
학문을 한다면

외형적으로 보이기 위해 지식을 배우려 하고 자격증을 따려 한다면 그 지식은 헛되고 쓸모없다. 꼭 필요함을 느껴 얻으려는 지식만이 자기 자신과 다른 사람에게 참된 이득을 줄 수 있다.

심장과 허파의 관계

예술과 과학은 심장과 허파처럼 밀접한 관계를 가지고 있다. 한쪽 기관이 고장 나면 나머지 것도 그 기능을 발휘할 수 없다. 진정한 과학은 그 시대의 가장 중요한 지식을 사람들에게 알리고 사람들의 의식 속에 반영한다. 그리고 예술은 그 진실을 지식의 영역에서 감정의 영역으로 옮기는 역할을 한다.

지식은 위대한 사람을 겸손하게 한다

지식은 위대한 사람을 겸손하게 하고, 평범한 사람을 놀라게 하고, 어린아이를 우쭐하게 한다.

삶의 목적과 행복은 무엇으로 이루어지는가

인류가 존재하면서부터 많은 민족 속에는 스승들이 나타났다. 그들은 사람들이 가장 먼저 알고 행해야 하는 것들에 관한 학문을 이룩한 인물들이다. 그 학문은 모든 사람이 진정한 행복을 누리고 사는 것에 대한 지식을 말한다. 이 학문으로 비로소 우리는 다른 지식의 목적을 달성하는 데에도 도움을 얻을 수 있었다.

학문의 범위는 한없이 넓다. 삶의 목적과 행복이 무엇에 의하여 이루어지는가에 대한 지식이 없다면 무한한 학문 속에서 방향을 잃게 된다. 따라서 지식이 부족하면 그 밖의 모든 지식과 예술도 해로운 오락거리로 전락하고 만다. 불행히도 그런 일은 흔히 볼 수 있는 현상이다.

유익한 독서법을 찾는다면

큰 도서관이라고 해서 좋은 것만은 아니다. 오히려 많은 책은 머리를 산만하게 한다. 분별없이 많이 읽기보다 훌륭한 저자를 선택하여 독서하는 편이 훨씬 유익하다.

학문에 대한 소크라테스의 견해

소크라테스는 언제나 그의 제자에게 어떤 학문이든 그냥 넘겨버릴 수 없는 가치를 담고 있는 만큼 아무리 일반적인 문제를 취급할지라도 그 학문이 도달하고자 하는 목적을 알아야 한다고 가르쳤다. 이를테면 기하학에 대해 그는 이렇게 말했다. "유산을 분배하거나 일꾼들에게 경작할 넓이를 각각 지정해줄 수 있도록 토지를 정확하게 측량할 수 있으면 된다. 이러한 일은 규칙과 규범에 따라 하면 그리 어렵지 않아서 조금만 노력하면 어떤 측량도 할 수 있다. 지구의 넓이를 측량하는 것과 같이 어려운 문제에 부딪혀도 큰 고생 하지 않고 할 수 있을 것이다."

그러나 그는 기하학의 고등 이론에 지나치게 몰두하는 것은 권장하지 않았다. 그런 문제는 크게 유용하지도 않은데 시간만 낭비케 하고, 실제 아무런 소득도 없다고 생각했기 때문이다. 또 천문학의 경우에도 그는 하늘의 여러 가지 현상을 보고 밤의 길이를 알고 월일月日을 알고 계절을 알아 길을 잃지 않고, 해상에서 방향을 바르게 알고, 앞을 예측할 수 있을 정도의 지식이면 바람직하다고 했다. "천문학은 아주 편리한 학문으로 사냥꾼이나 항해사, 그에 대해 알고 싶어 하는 사람은 누구라도 배울 수 있다"라고 말했다. 그러나 천문학에서도 천체상의 여러 가지 궤도를 연구하고, 항성과 행성의 크기를 계산하고, 지구로부터의 거리나 운행과 변화에 대해 너무 깊게 파고드는 것은 실제적인 득이 없다며 매우 엄하게 나무랐다. 그가 이러한 학문에 대해 낮게 평가한 것은 그 자신이 무지했기 때문이 아니었다. 실제로 그는 그 학문에 대해 충분히 깊게 연구하고 있었다. 그렇기 때문에 그는 천문학과 같은 학문에 몰두하느라 유익하게 쓰일 수 있는 시간이 낭비되는 것을 원하지 않았다.

새로운 사상의 출현

사상적 저술은 과거의 것을 반복하는 것이 아니라 새로운 견해와 사색을 던져줄 수 있을 때만이 가능하다. 그와 마찬가지로 예술 작품도 그것이 인간의 삶 속에 이바지하는 새로운 감정을 일으킬 때만이 가치 있다.

예술에 관한 논쟁은 공허하다

예술에 관한 논쟁만큼 공허한 것도 없다. 모든 예술이 각각 특별한 언어적 표현을 가지고 있어 입으로 시비하는 것이 무의미하기 때문이다. 그러므로 예술에 관해서 시끄럽게 떠드는 사람을 보거든 이렇게 생각하고 넘기면 된다. 예술을 이해하지 못하는 사람이며 예술을 창조할 능력도 없는 사람이라고.

진정한
예술이란?

진정한 예술 작품은 그 작품을 접하는 사람들의 의식 속에 그들과 작가의 구별을 없애버린다. 즉, 그들과 작가의 구별뿐만 아니라 더 나아가 그 작품을 받아들인 모든 사람 사이의 구별을 없애고 하나가 되는 작용을 한다. 바로 이러한 개개인과 타자의 융합 속에 예술의 빛나는 힘과 본연성이 있다.

06

정신

Monday to Friday
6.30pm
Saturday
12.30pm

인간의 생활은
신에 대한 사랑

신에 대한 사랑은 곧 완성에 대한 사랑이다. 완성에 대한 사랑은 노력이라고 불러도 좋다. 그 노력이 인생의 본질이므로 인간의 생활은 의식적이든 무의식적이든 항상 신에 대한 사랑이다.

내부에 있는 신적 본원을 깨우라

"하늘에 계신 하나님 아버지처럼 완전하라"고 한 것은 그대 내부에 있는 신적 본원本源을 일깨우는 데 노력하라는 뜻이다. 신의 완전성, 즉 모든 사람의 최고선에 대한 이념이야말로 전 인류가 지향하는 궁극의 목표다.

고독할 때
진정한 자아를 느낀다

인간은 홀로 죽듯이 홀로 고독할 때 진정한 자아를 느낀다. 내면적인 영적 생활도 홀로 하는 것이다.

자기완성의 조건

번잡한 세상 속에 살면서 삶의 완성을 꾀하는 것은 불가능하다. 그렇다고 또 끊임없이 고독 속에 살면서 이것을 바라는 것은 더더욱 가능성이 적다. 자기완성을 위한 가장 좋은 조건은 자신의 세계관을 정립하고 세상과 더불어 살면서 소명을 실천해나가는 것이다.

집이 완성되면 임시 가설물을 제거하듯

선한 사람은 초가 타들어 가며 빛을 발하듯이 선을 위해 자의식을 죽인다. 그러다가 죽음을 통해 육체도 사라진다. 그러나 선을 위해 육체를 버린 삶은 새로운 영혼의 집에서 기뻐한다. 집이 완성되면 공사할 때 임시로 설치한 가설물인 비계飛階를 제거하듯 죽음은 인간의 육체를 제거하기 때문이다. 그리고 자기의 집을 지은 사람은 비계가 제거되는 것을 기뻐한다. 즉, 육체의 죽음을 기뻐하는 것이다.

자기완성

인생의 가장 중요한 일은 자기완성이다. 그러나 자기가 남보다 우월하다고 자랑한다면 어떻게 자기완성이 가능하겠는가?

언제 어디서나
틀림없는 단 하나의 것

외적 세계는 그 자체로서 우리가 인식하고 있는 것과 같은 것은 아니다. 그러므로 이 세상에서 물질적인 것은 모두 중요한 것이 아니다. 그렇다면 중요한 것은 무엇인가? 그것은 언제 어디서나 틀림없는 단 하나, 곧 우리 생명의 정신적 본원이다.

생명은
영원하다

삶은 영원히 지속된다. 그것은 시간과 공간을 초월한다. 그러므로 죽음은 이 세상에만 있는 것으로 생명의 형태를 바꿀 수 있을 뿐, 결코 생명 자체를 소멸시키지는 않는다.

삶은 계속 이어진다

그대는 이 세상에 이유도 모르고 태어난다. 그러나 현재 있는 그대로의 유일한 자신은 분명히 인식할 수 있다. 그리고 이 세상에 나온 뒤 거침없이 살아오며 때로는 놀라기도 하고 기쁨도 맛보았지만 어이없는 일을 당하여 한곳에서 움직이고 싶지 않다고 생각한 때도 있었을 것이다. 그렇다 보니 앞으로 나아가기가 두려워진다. 왜냐하면 그 앞에 무엇이 기다리고 있는지 알 수 없기 때문이다. 그러나 그대는 이미 어디서 와서 어디로 가는지조차 모른 채 살고 있지 않은가. 그대는 입구로 들어왔으면서도 출구로 나가기 싫다고 하는가?

그대의 전 생애는 그대의 육체를 통한 행진이다. 그대는 행진을 서둘러왔으면서 갑자기 끝까지 계속하기가 싫어진 것이다. 그대는 육체의 죽음이 가져다주는 변화를 두려워한다. 그러나 그대가 태어났을 때도 커다란 변화가 일어났던 것이 아닌가. 그 변화로 나쁜 일이 생기지 않았을 뿐만 아니라 오히려 현재 그대가 떠나기 싫어할 만큼 좋은 일이 생겨난 것이 아닌가.

불멸에 대한 생각

불멸에 대한 신념은 그 누구로부터 얻을 수 있는 것이 아니다. 불멸에 대한 신념은 신앙뿐이다. 이러한 신념에 이르려면 우선 자기 생명을 영원한 것으로 이해해야 한다. 사후의 삶을 믿는다는 것은 인생에 있어서 스스로 할 일을 다 하고, 이 현세에서는 있을 수 없는 세계에 대한 새로운 관계를 자기의식 속에 세우는 사람에게만 가능하다.

인간 내면의 깊은 욕구

인간에게는 각자 내면적인 깊은 삶이 있다. 그리고 그 본질은 남에게 전할 수 없다. 때때로 그것을 다른 사람에게 전하고 싶은 생각이 일어나겠지만 그것은 불가능하며 필요하지도 않다. 내면적인 삶의 본질이 바라는 욕구는 신과 교감하는 것이다.

자신의 처지를 바꾸기 위해서는

정신이 육체를 지배한다. 그러나 육체는 결코 정신을 지배하지 못한다. 자신의 처지를 바꾸기 위해서는 정신적인 개선이 이루어져야 한다. 육체적인 변화만으로는 결코 자기 자신을 바꿀 수 없다.

중요한 순간마다
인간은 늘 혼자다

파스칼은, 인간은 혼자서 죽어야 하는 것이라고 말했다. 또한 인간은 혼자서 살아야 한다. 인생에서 중요한 순간마다 인간은 언제나 혼자다. 즉, 사람들과 함께 있지 않고 신과 함께한다.

모든 존재는
소멸을 향해 다가간다

세상의 모든 만물은 함께 살고 있다. 하지만 깊이 들여다보면 만물은 홀로 살고 있다. 인간도 홀로 살고 있고, 벌레도 홀로 살고 있다. 그리고 살아 있는 모든 존재는 자기만 살아 있는 것이라 믿으며 자기를 위해 모든 만물이 존재하기를 바란다. 그러나 모든 생물은 쉬지 않고 개별적 존재의 소멸을 향해 다가가고 있다. 삶의 걸음을 한 발짝씩 뗄 때마다 죽음에 가까이 가고 있다. 만일 이 세상에 이성이라는 것이 없다면 이 모순은 풀지 못할 수수께끼일 것이다. 그러나 인간의 내부에는 이성이 있어서 이 모순을 해결해나갈 수 있는 것이다.

인간의 영혼은 끊임없이 성장한다

유년 시절부터 죽을 때까지 그 사이의 시간에는 어떠한 차이가 있더라도 인간의 영혼은 끊임없이 성장한다. 끊임없이 더욱더 깊이 자신의 정신성을 의식하고 신에게 다가가며 완성되어가는 것이다. 그대가 그것을 알든 모르든 완성은 계속 진행된다. 만일 그대가 신이 원하는 것을 알고 그대 자신도 원한다면 그대의 생활은 자유롭고 즐거울 것이다.

외로움을 느끼는 사람 고독을 즐기는 사람

과오가 많은 사람은 언제나 여러 사람과 어울려 지내기를 바란다. 죄를 지을수록 내면적으로 점점 외로움을 느끼기 때문이다. 이에 반하여 선량하고 현명한 사람은 다른 사람과 어울리기보다는 혼자 고독을 즐기며 자기와 세계의 끊임없는 결합을 의식한다.

CEYLON POSTAGE
On
Service
TWO CENTS

Two

CEYLON POSTAGE
REVENUE AND POSTAGE
5 CENTS

On
Service
TWO CENTS

Postage &
FIVE
CENTS
Revenue

CEYLON POSTAGE
TWO CENTS

CEYLON POSTAGE
30c

CEYLON POSTAGE
On
Service

CEYLON POSTAGE
15c

CEYLON POSTAGE
TWO CENTS

성장

힘은 성장과 더불어 커간다. 이것은 육체에 대해서나 정신에 대해서나 마찬가지다. 만약 정신이 성장하지 않는다면 인간은 정신적인 세계에서 언제나 약한 존재일 것이다. 그것은 마치 그대가 언제까지나 어린아이인 채로 있다면 물질적인 세계에서도 언제나 어린아이인 것과 같은 것이다.

일

07

자신의 노동력과 타인의 노동력을 저울질하지 말라

자신이 남에게 준 것보다 더 많은 것을 남에게서 받을 생각을 말라. 자신의 노동력과 자신이 이용하는 다른 사람의 노동력도 저울질하지 말라. 왜냐하면 우리는 언제 어느 때 일할 능력을 잃어버리고 남의 노동의 덕으로 살지 모르기 때문이다. 그러므로 남에게 받기보다는 많은 것을 남에게 주도록 노력해야 한다. 그것은 불의를 범하지 않기 위한 일이기도 하다.

신념을 위해 희생하는 사람

결투, 전쟁, 자살 같은 터무니없는 것을 위해 자신의 모든 것, 심지어는 목숨까지도 희생하는 사람들을 자주 본다. 그러나 진리를 위해서 생명을 바치는 사람들은 좀처럼 보기 드물다. 이것은 특별히 신념 같은 것이 없어도 발작이나 충동 때문에 목숨을 버리기는 쉬운 일이지만 진리를 위해 죽음을 각오할 만큼 확고한 신념을 가지기는 어려운 일이기 때문이다.

일하는 것은 인생의 필수 조건

노동, 즉 자신의 힘을 다하여 일하는 것은 인생의 필수 조건이다. 인간은 일할수록 외부의 요구에서 벗어나 자신에게 필요한 것을 남을 시켜 얻을 수 있다. 그러나 노동에 대한 육체적 요구에서는 벗어날 수 없다. 그러므로 자신에게 필요한 일을 하지 않는다면, 대신에 불필요하고 어리석은 일을 하게 될 것이다.

일은 인간다운 가치를 보여주는 것

땀 흘려 일하는 생활보다 고귀한 것은 없으며 인간다운 가치를 보여줄 수 있는 것도 없다. 게으름뱅이는 겉으로 큼직한 사업에 관하여 떠들어댄다. 그들이 그렇게라도 하지 않으면 남들에게 멸시받을 것을 잘 알고 있기 때문이다.

중국인들의 노동관

유럽 사람들이 중국 사람들에게 기계공업을 자랑하며 이렇게 말했다.

"기계공업은 모든 생활을 편리하게 하고, 노동으로부터 인간을 해방시켜주었다."

그러나 중국 사람들은 이렇게 대답했다.

"노동은 행복이다. 노동에서 해방되는 것은 가장 큰 불행이다."

모든 새는 둥지 틀 곳을 알고 있다

모든 새는 어느 곳에 둥지를 지으면 좋을지 알고 있다. 새가 둥지 틀 곳을 알고 있다는 것은 자기가 할 일을 알고 있다는 것을 의미한다. 만물의 영장인 인간이 새들도 알고 있는 것을 모른다는 것은 이해할 수 없다.

해야 할 일과 해서는 안 되는 일의 기준을 가지라

한평생 올바르게 살려면 무엇보다 먼저 해야 할 일과 해서는 안 될 일에 대한 명확한 기준을 가져야 한다. 그러기 위해서는 판가름의 기준이 될 지혜와 지식이 있어야 한다. 이때 종교적 가르침을 충분히 깨닫고 따르는 사람이라면 그것만을 따를 것이다. 이것은 마치 먼 바다를 항해할 때 선장이 지도와 나침반만 전적으로 믿고, 주위에 있는 여러 사물에 따라 방향을 바꾸지 않는 것과 마찬가지다.

죽음보다 두려워해야 할 것은

죽음에 대하여 두려워할 것은 아무것도 없다. 다만 죽음보다 두려워해야 할 것은 자신의 행위와 처신을 어떻게 하느냐 하는 것이다.

사랑 없는 인간관계는 불가능하다

사랑 없이도 남을 대할 수 있다고 생각하는 사람이 있다. 그러나 그것은 불가능하다.

사물을 대할 때는 사랑이 없어도 된다. 나무를 베고, 벽돌을 굽고, 쇠를 단련하는 데 사랑이 필요한 것은 아니지 않은가. 그러나 인간에 대하여 사랑을 가지지 않아도 좋을 때란 어느 경우에도 없다. 그것은 함부로 꿀벌을 다뤄서는 안 되는 것과 마찬가지다. 벌을 함부로 다루면 벌도 다치고 인간도 다친다. 인간의 경우도 그렇다. 인간관계에서는 상호 존중의 원칙이 근본적인 규범이기 때문에 지극히 당연한 일이다. 한번 사랑 없이 사람을 대하기 시작하면 결국 사람들에 대한 잔인함과 냉혹함에 한계가 없어지고, 자신의 고통에도 한계가 사라질 것이다.

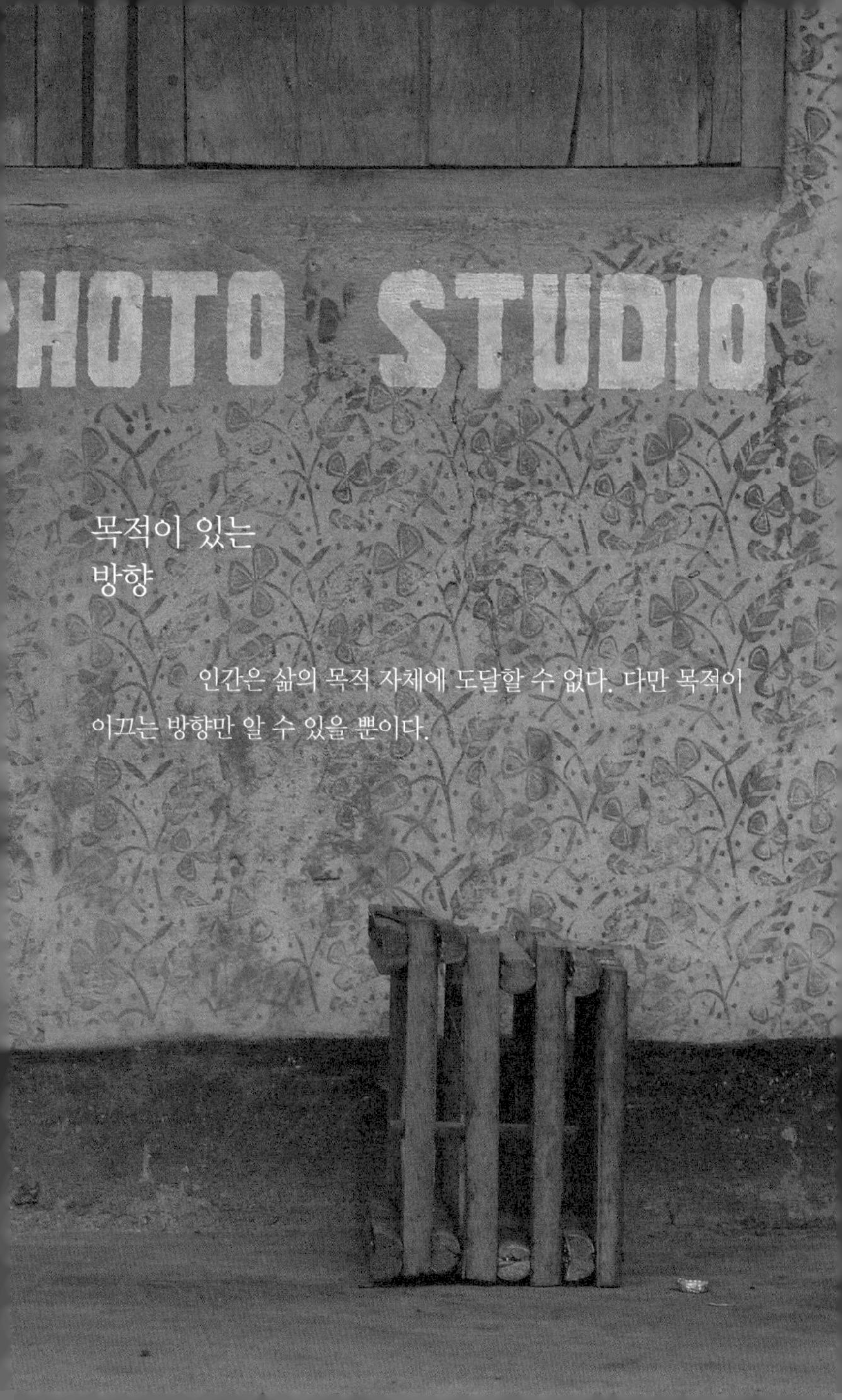

목적이 있는 방향

인간은 삶의 목적 자체에 도달할 수 없다. 다만 목적이 이끄는 방향만 알 수 있을 뿐이다.

위대하고 괄목할 만한 성과는 소문 없이 이루어진다

위대한 역사는 눈에 띄지 않고, 겸허하고 조용한 상태에서 이루어진다. 번개 치고 소나기 오는데 논밭 갈고 집터를 닦을 수는 없지 않은가? 위대하고 괄목할 만한 성과는 소문 없이 이루어진다.

감당하지 못할 정도로 나쁜 일은 일어나지 않는다

어떠한 조건 속에서도 용기를 잃지 말라. 인간으로서 그대가 감당하지 못할 정도로 나쁜 일은 절대 일어나지 않는다.

행복의 조건

모름지기 사람이 행복하기 위해서는 일을 해야 한다. 행복을 위한 일의 첫 번째 조건은 자기가 좋아하는 자유로운 일이며, 두 번째 조건은 식욕을 돋우고 깊고 평안한 잠을 자게 해주는 육체노동이다.

육체노동과
지적 활동의 관계

육체노동과 지적인 활동은 별개의 것이 아니다. 육체노동은 지적인 활동의 질을 향상시킬 뿐만 아니라, 정신 활동을 자극하고 촉진하기도 한다.

두뇌와 감정
노동자들

노동은 모든 사람의 의무이며 행복이다. 두뇌, 정서, 감정의 노동은 특수한 활동으로 그 천직이 주어진 사람들에게는 의무이자 행복일 것이다. 그러나 그것이 그 사람의 천직인지 아닌지는, 학자이든 예술가이든 그 사명에 종사하기 위해 자신의 행복 중 얼마나 희생하는지에 따라 인정할 수 있다.

생각이 복잡할 때의 처방전

이런저런 잡생각으로 머릿속이 복잡할 때는 지칠 때까지 몸을 움직여 일하라. 마음의 평화는 나태할 때 파괴되기 쉽다. 그러나 과로는 피하라. 육체를 지나치게 혹사하면 건강을 해칠 수 있으니 적절한 휴식을 취하라. 휴식과 나태는 다른 것이다.

노동은 도덕이나 공로가 아니다

노동은 인간의 기본 요소다. 사람이 일을 하지 못하게 되면 걱정과 근심이 늘 뿐이다. 노동은 도덕도 공로도 아니다. 노동을 공로라고 생각한다면 음식을 공로나 도덕이라고 생각하는 것과 같다.

실행하라

일단 실행하라. 그리고 좋은 결과만 택하라.

가만히 있는 것도 지혜다

무엇인가 허튼 일을 벌이기보다 차라리 아무것도 하지 않고 있는 편이 나을 때는 가만히 있는 것이 지혜다.

바쁘더라도 능률이 오르지 않을 때는 쉬는 게 낫다

일이 바쁘다는 이유로 쉬지 않고 일하는 것을 자랑으로 아는 사람들이 있다. 그러나 즐겁게 노는 것은 많은 일을 하는 것보다 필요하고 중요하기도 하다. 때로는 해야 할 일이 많더라도 능률이 오르지 않는다면 차라리 일을 하지 않는 편이 훨씬 낫다.

일하는 기쁨

달구지에 매인 말을 끌면 앞으로 나가지 않을 수 없듯이 사람도 아무것도 하지 않고 있을 수 없다. 사람이 일을 하는 것은 호흡을 하는 것과 같다. 사람에게는 일한다는 그 자체가 기쁨이고 행복이다.

잡담과 게으름

잡담만큼 게으름을 조장하는 것은 없다. 사람들은 잠자코 있지 않는다. 게으름 때문에 생긴 답답증을 풀기 위해 쓸데없는 말이라도 지껄이지 않고서는 견딜 수 없기 때문이다.

왜 내키지 않는 일을 하는가?

어떤 사람이 한 사람에게 물었다.

"왜 당신은 하기 싫은 일을 하는 거요?"

"다른 사람들도 모두 하니까요."

질문을 받은 사람이 대답했다.

"천만에요. 남들이 다 하고 있는 건 아니오. 그 예로 나도 하고 있지 않고, 극히 소수일지 모르나 나 이외에도 하지 않는 사람들이 있는 걸로 아는데요."

"물론 전부 다는 아니겠지만 대부분의 사람이 마지못해 하기 싫은 일을 하며 살고 있어요."

"그렇다면 묻고 싶군요. 이 세상에는 어떤 사람이 더 많을까요? 못난 사람일까요, 똑똑한 사람일까요?"

"그거야 뭐 못난 사람이 더 많겠지요."

"그렇다면 당신은 많은 사람이 다 하는 일을 하고 있다고 했으니까, 결국은 못난 사람들의 흉내를 내고 있는 것이군요."

오락과 기분 전환도 필요하다

사람들은 일반적으로 오락이나 기분 전환을 대수롭지 않게 생각하거나 심지어는 나쁜 일이라고 생각하는 경향이 있다(예를 들면 이슬람교도나 청교도처럼). 그러나 오락이나 기분 전환은 근로와 마찬가지로 중요한 것이며 노동에 대한 보수다. 쉴 새 없이 일만 할 수는 없다. 오락과 기분 전환으로 휴식을 취하는 것은 자연스러운 일이다. 자기만족을 위해(예를 들어 테니스나 연극이나 경마 등을 준비할 때) 남의 노동을 이용하는 것은 악이다. 또 어떤 경기나 게임에서 지나친 경쟁심이나 질투심을 갖는 것도 악이다. 그리고 소수의 사람만을 위해 하는 일도 악이다. 그 이외의 만족은 모두에게 유익하고 중요한 것이다.

천 번의 후회

말한 것을 천 번 후회하는 것보다 말하지 않은 것을 한 번 후회하는 것이 낫다.

가벼운 입

침묵을 지키는 자는 신에게 가까이 다가가기가 쉽다. 그러나 입이 가벼운 자는 쓸데없이 입을 놀리고는 뒷감당을 못 해 불안과 초조를 느낀다.

직장에서의 올바른 업무 태도

직장 생활을 하다 보면 여러 사람을 만나게 된다. 그중 어떤 사람은 맡은 업무가 하찮고 자기가 원했던 일이 아니라는 이유로 일을 하면서도 짜증을 내고 주위 사람들을 피곤하게 한다. 심할 때는 남의 일에 방해가 될 정도로 요란하게 일을 한다. 당연히 주위의 시선을 끌기 마련이다. 이와 같은 업무 자세는 태만보다도 훨씬 나쁘다. 올바른 업무 태도는 조용하면서 일관된 모습을 취하는 것이다.

게으름과 휴식

영혼을 평안한 상태로 두고 싶으면 지칠 때까지 일하라. 영혼의 평안은 언제나 게으를 때 깨진다. 그러나 때로는 과로하거나 육체를 혹사할 때도 평안이 깨진다. 영혼의 평안을 유지하기 위해서는 게으름을 경계하고 과로했을 때는 적절한 휴식을 취해야 한다. 게으름과 휴식은 다르다.

악마가 게으름뱅이를 유혹할 때는

사람을 낚으려는 악마는 먼저 여러 가지 맛있는 먹이를 보여준다. 그러나 게으른 사람에게는 아무 먹이도 필요 없다. 미끼가 없는 낚시에도 걸려들기 때문이다. 게으른 사람의 마음은 악마의 놀이터나 다름없다.

노력 그 자체가 목적이다

선을 향하여 나아갈 때 성공이 속히 이루어질 것으로 기대하지 말라. 그대는 노력의 결과를 보지 못할 것이다. 왜냐하면 그대가 앞으로 나아가면 나아갈수록 그대가 목표로 하는 이상도 더욱 앞으로 나아가기 때문이다. 노력은 수단이 아니라 그 자체가 목적이다. 노력 속에 보람이 있다.

중요한 일을 하는 사람들은

중요한 일을 하는 사람들의 생활은 아주 단순하다. 쓸데없는 생각을 할 겨를이 없기 때문이다.

악마가 유혹하기 딱 좋은 사람

아무 일도 하지 않는 사람에게는 항상 많은 도움이 필요하다. 게으름뱅이는 악마가 유혹하기 안성맞춤의 대상이다.

일의 우선순위를 아는 것이 지혜

진정한 지혜는 무엇이 좋은 것이며 무엇을 해야 하는지를 아는 데에 있지 않고, 무엇이 최선이며 무엇이 차선인가를 아는 데 있다. 그리고 무엇을 먼저 해야 하며 무엇을 다음에 할 것인가를 아는 것이 중요하다.

허송세월하는 것은 부도덕이다

인생은 그 자체로 하나의 목적이다. 그런 만큼 쉽게 이룰 수 있는 것이 아니다. 그래서 어디서든 허송세월은 금물이다. 허송세월은 부도덕하다. 인생의 목적이 무엇에 있다고 단언할 수는 없으나 인생의 목적이란 어떤 것일지라도 반드시 존재하며 목적 없는 인생은 무의미하다. 인생에 목적이 없는 사람은 무신론자다. 그는 인생을 모순이며 기만이라고 생각한다.

아무 일도 하지 않는 사람은

아무 일도 하지 않고 있는 사람은 나쁜 일을 하고 있는 것이다.

이론으로 싸우는 것은 무익하다

지금까지 지켜온 삶의 관점이 잘못된 것임이 판명되고 그것을 대신할 새로운 대안이 있어도 사람들은 오히려 관행대로 행동한다. 그래서 진리에도 행사의 시기가 있다고 말한다. 즉, 명백한 착오임을 알고 있거니와 또 대안이 있음에도 착오가 사람들을 지배하는 시기가 있다. 이와 같은 착오에 대해 합리적인 이론으로 싸우는 것은 무익할뿐더러 도리어 해롭다.

말과 일

말이 적으면 적을수록 일을 더 많이 하게 된다.

소신대로 살면 인격이 달라진다

어떤 사람은 자기 의지대로 산다. 그런가 하면 어떤 사람은 남의 의견에 따라 산다. 인간은 얼마나 자기 소신대로 사느냐에 따라 인격이 달라진다.

욕망

08

사람에게 향하는 마음

더 많은 것을 가지려는 욕망은 성공으로 향하는 길이 아니다. 그러나 반대로 욕망을 억제하면 할수록 사람에게 향하는 마음이 커진다. 사람에게 향한 마음은 그대를 더욱 자유롭게 하고, 그 자유로움으로 그대는 신과 인류에게 봉사할 수 있는 힘을 더 크게 키울 수 있다.

분수의 비유

인간은 분수에 빗댈 수 있다. 분자는 자신을 다른 사람과 비교해서 결정하는 위대성이다. 분자를 크게 하는 것, 자신의 표면적인 위대성을 크게 하는 것이란 그 사람 자신의 힘 밖의 일이다. 그러나 누구라도 그 분모는 작게 할 수 있다. 자기 자신에 대한 평가를 작게 할 수 있기 때문이다. 그리고 분모를 작게 함으로써 사람들은 완성에 가까워질 수 있다.

굳이 그렇게 살 필요가 있느냐?

인간이 이 세상에 등장할 때부터 그들은 선과 악을 구별해두었다. 그리고 후예들은 조상들이 행하여 온 그 구별을 오랫동안 지켜왔다. 악과 싸우며 참되고 옳은 길을 구하며 꿋꿋하게 걸어왔다. 그러나 언제나 방해하는 세력이 항상 그 앞을 막으려 했다. 악의 세력은 인간들을 향해 "굳이 그렇게 살 필요가 있느냐, 그저 되는 대로 살면 그만이지"라고 귓가에 속삭인다.

자기 인생에 불만을 가지고 있는 사람

인간은 자기 인생에 불만을 품을 어떠한 권리도 가지고 있지 않다. 자신의 인생에 만족하지 못하는 것은, 자기 자신에게 불만을 품고 있다는 증거다.

나쁜 짓보다 악한 것은 자랑삼아 드러내 놓는 것

나쁜 행위를 은폐하는 것은 옳지 못하다. 그러나 그 행위를 보란 듯이 자랑삼아 드러내 놓음은 더욱 옳지 못하다.

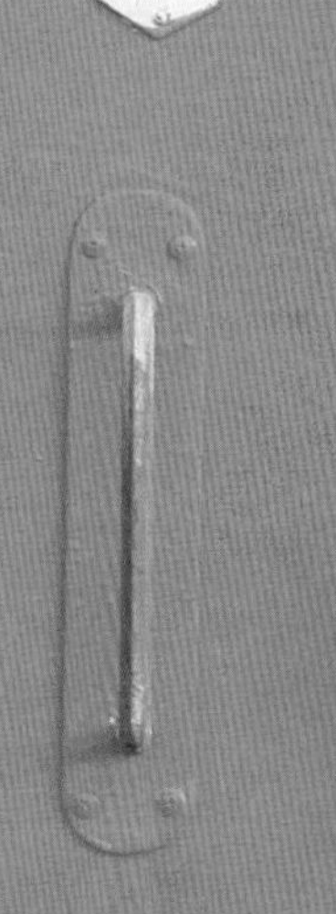

악을 저지르는 것은 맹수와 장난치는 것

악을 저지르는 것은 맹수와 장난치는 것과 같이 위험하다. 악이란 이 세상에서는 거의 예외 없이 무서운 결과를 가져온다. 악은 악을 저지른 사람에게 되돌아온다.

식탐은 몸은 물론 두뇌에도 좋지 않다

소크라테스는 절제하는 생활을 했기에 사치를 쉽게 물리칠 수 있었다. 그것은 보통 사람들이 하기 어려운 일이다. 그는 배가 불러도 음식의 유혹을 뿌리치지 못하는 사람들, 갈증이 나지 않는데도 미각을 돋우는 음료에 손을 대는 사람들에게 자제하라고 설득했다. 그는 지나치게 먹는 것은 육체는 물론 정신에도 큰 해가 된다고 말하며 절대로 포식하지 말 것을 당부했다.

자아는
신을 가리는 장막

사람은 자기부정을 하면 할수록 사람들에게 더욱 큰 영향을 줄 수 있다. 자아自我는 신을 가리고 있는 장막이다.

어렵다고
고삐를 놓아서는 안 된다

인간은 모든 정욕을 극복할 수 있다. 설령 정욕이 그를 압도하였음을 느낄지라도 그것이 정욕을 극복할 수 없음을 증명하는 것은 아니다. 단지 정욕을 극복하지 못한 것에 불과하다. 마부는 자기 말이 곧 멈추지 않는다고 고삐를 내던지지 않는다. 오히려 더욱 고삐를 조여 잡는다. 그래야만 말이 멈추기 때문이다. 정욕을 제어하기 위한 정신적 고삐도 마찬가지다. 어렵다고 고삐를 놓아서는 안 된다.

위선과
위악

위선보다 나쁜 것은 없다. 위선은 노골적인 악보다 더 불쾌하다.

자아는
신을 가리는 장막

사람은 자기부정을 하면 할수록 사람들에게 더욱 큰 영향을 줄 수 있다. 자아自我는 신을 가리고 있는 장막이다.

술과
담배에 대하여

술을 마시건 안 마시건, 혹은 담배를 피우건 안 피우건 그것은 중요한 게 아니라고 그대는 말한다. 그러나 만일 그대가 술을 마시고 담배를 피우는 것을 보고 다른 사람이 따라 한다면, 그래서 그 사람에게 끼칠 해악을 인식한다면 그것은 매우 큰일이며 반드시 그만두어야 할 일임을 알게 될 것이다.

재물과 욕망

부는 결코 만족을 주지 못한다. 사람의 욕심은 끝이 없어서 재물이 늘어나면 욕심도 늘어난다. 그에 따라 욕구를 만족시킬 수 있는 일이 더욱더 줄어들고 아울러 선한 마음도 줄어든다. 하지만 왜 그런지는 신도, 인간도 모른다.

만족할 줄 모르는 욕망이 평화를 빼앗는다

변하는 환경이 평화를 빼앗는 것이 아니라 만족할 줄 모르는 욕망이 평화를 빼앗는다.

뭔가에 미쳐 있다는 것은 죄를 저지를 준비를 마쳤다는 것

무엇에 미친다는 것은 죄악이라고 할 수 없다. 하지만 그것은 죄악을 저지를 준비를 마친 것이라고는 할 수 있다.

생각만 해서는 안 된다

어떻게 해야 자신의 가치를 알 것인가 하고 생각만 해서는 안 된다. 그것은 행동을 통해서만 알 수 있다. 그러니 자기의 의무를 다하도록 힘쓰라. 그러면 곧 자기의 가치를 알게 될 것이다.

화를 내서는 안 되는 일 두 가지

우리는 다음의 두 가지 일에는 결코 화를 내서는 안 된다. 즉, 자기 힘으로 구할 수 있는 것과 자기 힘으로는 어찌할 수 없는 일에 대해서다.

여자를 보고 정욕을 품는 것은

여자를 보고 정욕을 품는 버릇을 버리지 못하는 한 그대의 영혼은 허기에만 매달려 어미 소를 떠나지 못하는 송아지와 같다. 육욕에 사로잡힌 사람은 덫에 걸린 토끼처럼 부질없는 욕심을 만족시키려다 영혼의 끊임없는 고뇌에서 벗어나지 못한다.

건강한 신체,
건강한 정신의 조화

"건강한 신체에 건강한 정신이 깃든다"라는 말이 있다. 이 말은 옳은 것 같은데 그 반대의 관점에서 보면 건강한 정신이 아니면 건강한 육체를 만들지 못한다는 의미를 내포하고 있다. 도덕적인 생활, 근로, 검소한 식사, 절제, 금욕은 건강을 위한 모든 조건을 그 자체에 가지고 있다. 육체의 건강을 경멸하면 건강한 몸으로 봉사할 능력을 잃을 수 있다. 그러나 육체에 대하여 너무 신경을 쓰는 것도 같은 결과로 이끈다. 그 중용을 지키기 위해서는 한 가지 방법이 있다. 그것은 남에게 봉사하는 데 방해되지 않고 또 지나치지 않을 정도 안에서 육체에 마음을 쓰는 것이다.

썩지 않을 재산을 쌓으라

도둑이 훔칠 수 없고, 폭군이 강탈할 수 없으며 그대가 죽은 후에도 결코 썩지 않을 재산을 쌓으라.

가난을 벗어나는 두 가지 방법

가난을 면하는 두 가지 방법이 있다. 하나는 자기의 재산을 늘리는 것이고, 또 다른 하나는 자기 욕심을 줄이는 것이다. 전자는 우리 능력 밖의 일이나 후자는 스스로 해결할 수 있는 일이다.

본성을 덮는 구름

정욕이 불같이 타오르고 정욕의 지배를 받을 때 그것이 곧 그대의 정신을 형성한다고 생각하지 말라. 정욕은 일시적인 것이다. 그대의 참된 정신을 가리는 구름에 지나지 않는다.

사회

09

권리의 평등이 필요한 이유

평등은 불가능한 것이라고 흔히 말한다. 왜냐하면 사람은 저마다 다를 수밖에 없으며 누군가는 다른 사람보다 힘이 세고, 또 어떤 사람은 다른 사람에 비해 능력이 뛰어나기 때문이다. 그러나 리히텐베르크는 "어떤 사람이 다른 사람보다 힘이 세거나 능력이 더 뛰어나기 때문에 사람들 사이에 권리의 평등이 더욱 필요하다"라고 말했다. 만일 힘과 능력이 불평등한데 거기에 권리마저 불평등하다면 약자가 강한 사람들 사이에서 생존해나갈 길은 도저히 찾을 수 없을 것이기 때문이다.

그대가
사회 변화를 꿈꾼다면

만일 그대가 현재의 잘못된 사회 체제 때문에 고민하고 있다면 그것과 싸우는 방법은 오직 한 가지밖에 없다. 그것은 모든 사람이 정의로워지는 것이다. 물론 그렇게 되기에 앞서 그대가 먼저 정의로워져야 한다. 그것은 다른 사람이 정의로워지기를 바라는 것보다 더 확실한 방법이다.

우리는 같은 시대를 사는
사람들의 노고에 빚지고 산다

인간은 자기 이전의 시대 사람들과 자기와 같은 시대를 살고 있는 사람들이 노력한 결과의 혜택을 입지 않고는 살아갈 수 없다. 그러므로 자기가 얻은 것을 남에게 줄 수 있도록 열심히 일해야 한다. 자기가 얼마나 얻고 또 얼마나 주고 있는가를 일일이 따지고 사는 사람은 없다. 채무자가 되고 싶지 않거든 될 수 있는 한 적게 얻고 많이 주라.

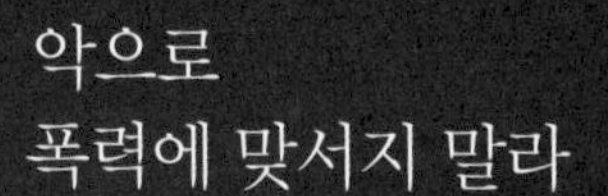

악으로 폭력에 맞서지 말라

모든 종교의 가르침의 본질은 사랑이다. 이들 가르침은 사랑의 가능성이 무너지는 조건을 명백히 정하고 있는데 그 조건은 바로 '악으로 폭력에 맞서지 말라'는 것이다.

물건을 파는 사람과
물건을 사는 사람

사람들은 물건을 살 때 사준다는 것 이상의 것은 생각하지 않는다. 그러나 물건을 사는 행위 속에는 노동자나 소비자 간에 매우 밀접한 관계가 있다. 신앙을 가진 사람들마저도 이런 점에 대해 무관심하다. 생산자나 노동자들은 우리를 대신해서 거칠고 힘든 일을 한다. 우리에게 봉사하기 위해 자신들의 모든 시간을 바쳐서 일한다. 우리는 대부분 값만 치르면 계산은 다 끝난 것으로 생각한다. 그러나 그들도 우리의 형제다. 그들이 돈 때문에 일을 했을 뿐이라고 생각한다면 우리는 서로 인간관계를 맺을 수 없다. 그들을 위해 노동의 대가 이상을 마음으로 갚는 인정이 필요하다.

처벌의
근본적인 대안

오래전부터 인간은 형벌의 효과가 좋지 않음을 알았다. 그래서 형벌 대신 위협, 예방, 배상 등 여러 방법을 생각했다. 그러나 그런 모든 방법도 좋은 효과를 거두지 못했다. 왜냐하면 죄지은 사람에게 가하는 처벌이 정당한 판단에 근거한 것도 아니고, 정의에 입각한 것도 아니었기 때문이다. 그것은 복수라는 감정에 근거를 두는 일이 많았다. 결국 처벌의 근본적인 대안을 찾지 못하다 보니 죄를 지은 사람이 회개를 하든 말든, 다시 갱생의 길을 걷든 말든 아무것도 하지 않고 내버려 두는 처지에 이르렀다. 여러 형벌 체계를 고안해 실시하려는 사람들조차도 착하게 살려는 노력을 외면하고 있다.

보통 사람들이 벼락부자를 얕보는 속마음

갑자기 벼락부자가 된 사람에 대해 이렇게 이야기하는 사람을 보았다. "별것도 아닌 주제에 남들에게 자기가 이런 사람이라는 것을 보이려고 돈을 흥청망청 쓰고, 웬만한 사람은 무조건 업신여기고 있는 척한다"라고. 그러나 이렇게 흉을 보는 사람 역시 벼락부자가 누리는 기쁨을 업신여기는 것을 훌륭한 인생관이라고 생각하고 있다. 자기는 그 사람보다 나은 사람이라는 것을 자랑하고 싶은 것이다.

어떤 사람도 남보다 높거나 낮다고 생각할 수 없다

이 세상에서는 재산의 많고 적음에 따라 인간의 가치가 결정된다. 신앙인에게는 완전에 가까운 인간의 존엄에 따라 차이가 나타난다. 그러나 어떤 사람도 도덕적인 의미에서 자기가 남보다 높거나 낮다고는 생각할 수 없다.

전쟁, 애국심이란 이름으로 자행되는 죄악

인류의 여러 행위 중에서 전쟁만큼 타격이 큰 것은 없다. 그런데도 몇백만 명의 사람이 애국심이란 이름으로 전쟁에 뛰어든다. 그들은 전쟁이 추하고, 어리석고, 해롭고, 파괴적이고, 위험하며, 고통스럽다는 것을 잘 알고 있다. 아울러 전쟁을 피해야 한다는 것을 인정하고, 전쟁에 반대할 이유도 안다. 그럼에도 여전히 외부의 선동에 휘둘려 기꺼이 전쟁에 나간다.

선행의 대가와 악행의 보복

선행에 대해서 눈에 보이는 대가를 바라지 말라. 선행에 대한 대가는 그 선행과 동시에 이미 그대가 받았다. 그리고 악행에 대해서 눈에 보이는 보복이 없다고 해서 그 보복이 없는 줄로 생각하지 말라. 그 보복도 이미 그대의 마음속에 존재하고 있다.

벌을 주고 싶은 욕망은 가장 비속한 감정

사람을 벌주고 싶은 욕망은 가장 비속하고 야만적인 감정이다. 그 감정의 욕구에 따르는 것은 지혜로운 일이 아니라 자신을 질식시키는 행위다.

종교 대신
허위를 믿는 사람들

지식인과 부유층 사람들 중에는 무신론자들이 많다. 그들 중 어떤 이들은 종교의 외형적인 형식을 믿음의 전부로 여기며 자신의 불신앙을 허식으로 꾸미려고 한다. 또 다른 이들은 자기 자신을 믿는 대담함으로 불신앙을 메꾸려고 한다. 그런가 하면 또 다른 이들은 섬세한 회의주의로, 또 다른 사람들은 그리스인들처럼 미를 찬미하고 그것을 종교적인 수준으로 이끌어냄으로써 불신앙을 보충하려고 애쓴다. 현대인들의 정신적 병인病因은 신의 가르침을 참되고 완전한 진리로 받아들이지 않는 것이다. 정신적 고통에서 해방되는 유일한 방법은 오직 하나, 신의 가르침을 전적으로 인정하는 것이다. 이것은 지금도 가능할 뿐만 아니라 반드시 필요한 일이다.

폭력을 보는
시각 차이

폭력에 대해 이성적으로 당연히 취해야 할 태도의 모범을 보여줘야 할 사람들, 즉 학자, 자유주의자, 혁명가들까지 인간의 자유와 존엄성에 대해 논의하고 비판하며 설교하려고 한다. 그러나 그것도 입에 재갈을 물리라는 호각 소리가 날 때까지뿐이다. 호각이 울리자마자 모든 논의, 모든 자유주의, 모든 자유에 대한 설교도 끝나고 만다. 그리고 그 즉시 그들에게 화려한 제복이 입혀지고 손에 총칼이 주어진다. 그들은 뛰고 달리고 돌아서는 법 등을 익힌 후 모자를 쓰고 경례를 붙이는 군인이 된다. 특히 그들은 한번 명령이 내려지면 부모 형제도 쏠 각오가 되어 있을 만큼 혹독한 훈련을 거쳐 강인한 정신 무장까지 갖춘다. 그때가 되면 그들은 자유주의자, 학자, 혁명가, 설교자를 막론하고 이리저리 뛰어다니며 명령대로 만세를 외치고, 상대가 누구든지 총살할 만반의 준비를 한다. 이것이야말로 교양인의 이중성이라고 할 만하다. 누구보다도 올바른 인식으로 실생활에서 최고의 의무를 다해야 할 교양인들이 그들 스스로 인류의 평화와 공존에 대한 인식을 허물고 더 나아가 왜곡하는 일에 급급한 모습을 보이는 것이다.

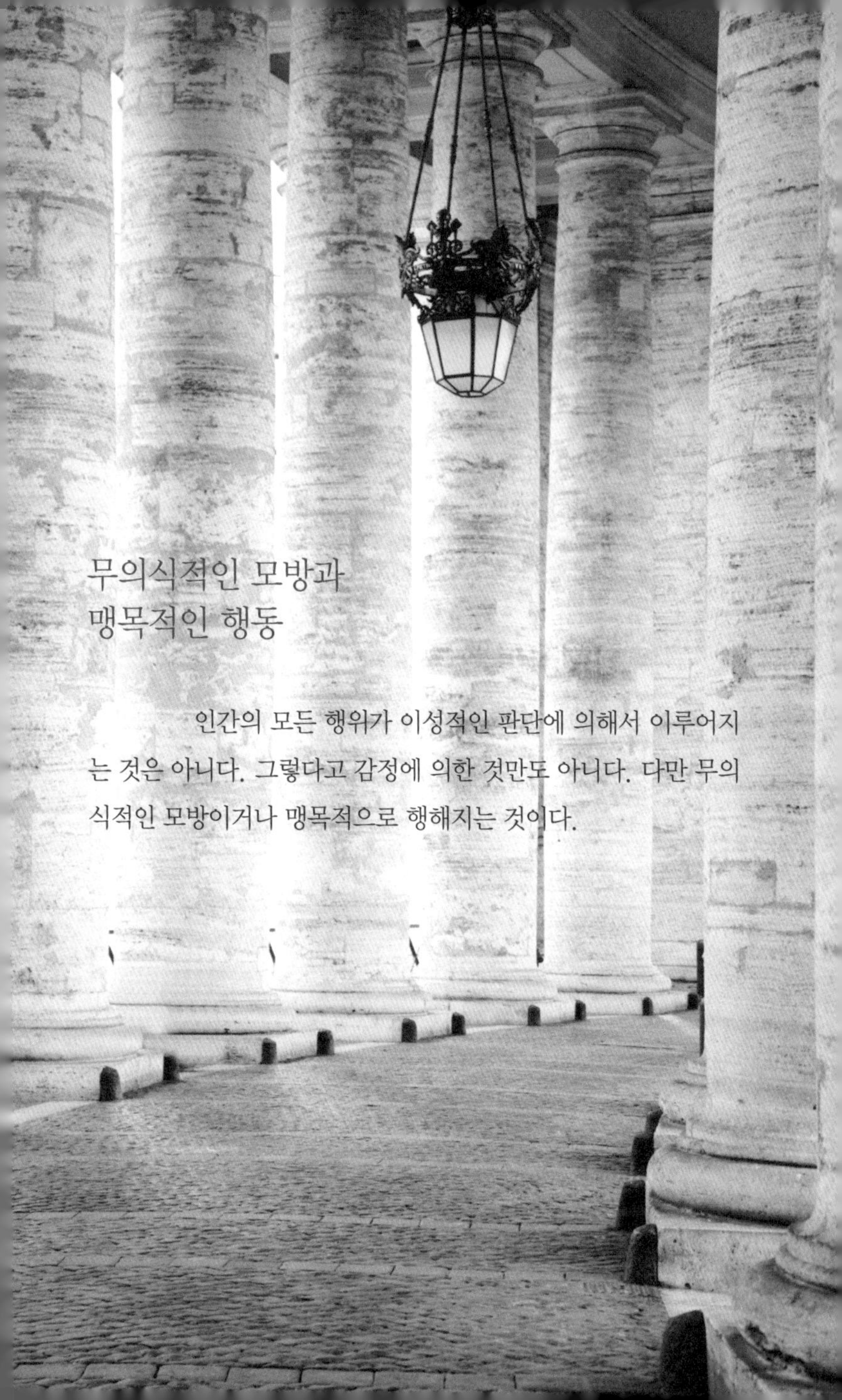

무의식적인 모방과 맹목적인 행동

인간의 모든 행위가 이성적인 판단에 의해서 이루어지는 것은 아니다. 그렇다고 감정에 의한 것만도 아니다. 다만 무의식적인 모방이거나 맹목적으로 행해지는 것이다.

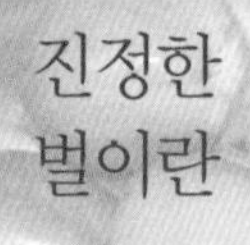

진정한 벌이란

진정한 벌이란 죄를 지은 사람이 스스로 뉘우칠 수 있는 마음을 갖게 하는 것이다. 또한 자신의 못된 습관과 버릇을 자각하여 줄이려는 노력을 기울이게 하는 것이다. 그렇게 함으로써 결국에는 인생의 행복까지도 맛볼 수 있게 하는 데 비로소 벌을 주는 의미가 있다. 그렇지 않은 벌은 죄인을 초조하게 하고 더 나쁜 길로 빠져들게 할 뿐 참된 개선이 이루어지지 않는다.

누가 정의를 판단할 수 있는가?

사람들은 폭력으로 이 세상의 외면적인 질서가 유지되는 것에 큰 거부감을 가지지 않는다. 이미 폭력에 젖어 당연한 것으로 여길 때가 많다. 폭력으로 유지되는 질서에 어떤 정의가 숨어 있는가를 알아야 하는데, 대체 그 정의를 누가 판단할 수 있을까? 만일 폭력으로 정의 사회의 기초를 마련하고 그와 같은 사회를 이루려는 사람들이 정의를 알고 있다면, 그리고 그들 자신도 올바른 사람이 될 수 있다고 한다면, 그 이외의 사람들은 그것을 알지 못하며 또 올바른 자가 될 수 없는 것일까?

폭력으로 지배하려는 사람은

인간의 이성을 무시하고 폭력이 아니면 사람들을 지배할 수 없다고 생각하는 사람이 있다면, 그 사람은 수레를 끌게 하려고 말馬의 눈을 가리듯 사람에게도 같은 짓을 할 사람이다.

어디에서
놀고먹는 사람이 있다면

놀고먹는 사람이 있다면 한편에서는 자기 능력 이상으로 일하는 사람이 있다. 배부르게 먹는 사람이 있다면 한편에서는 굶주리는 사람이 있다.

다른 사람을 처벌할 권리

설령 어떤 인간에게 다른 사람을 처벌할 권리가 주어진다 하더라도 그 권리를 받을 만한 인격자가 있을까? 자기의 죄를 깨닫지도 않고 또 알지 못하는 자는 타락한 자들뿐이다.

형벌의 역효과

교육과 사회 질서를 위해 혹은 종교적인 측면에서 가해지는 형벌은 어린이와 사회 구성원, 내세를 믿는 사람들을 계도하는 데 도움을 주기는커녕 오히려 역효과를 초래했다. 잘못을 한 어린이는 주변 사람들로부터 냉대를 받고 점점 난폭해지고, 사회는 더욱 타락했으며, 지옥을 내세워 사람들에게 선덕을 빼앗는 등 이루 헤아릴 수조차 없는 불행을 안겨주었다. 아니, 지금도 숱한 불행을 조성하고 있다.

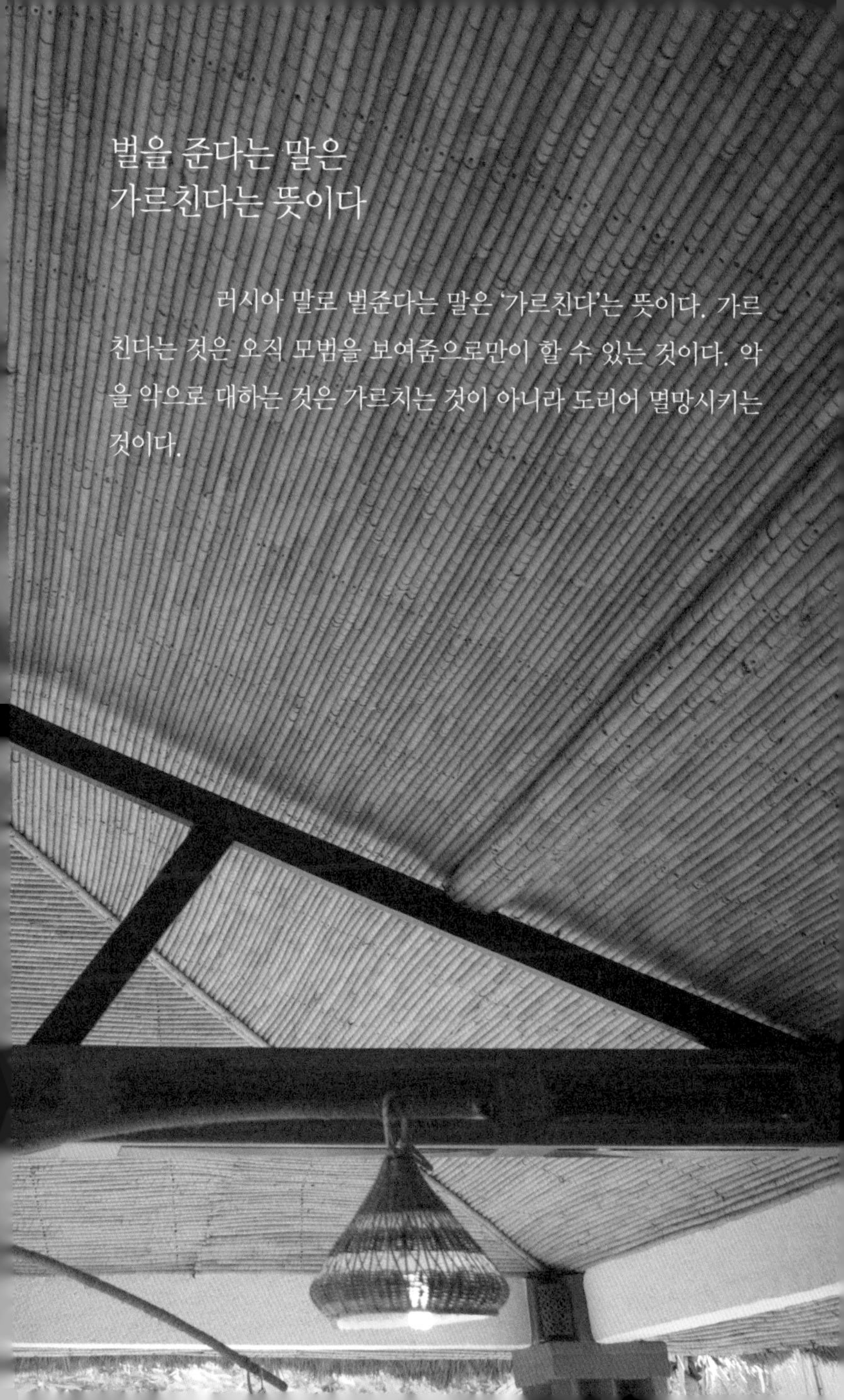

벌을 준다는 말은 가르친다는 뜻이다

러시아 말로 벌준다는 말은 '가르친다'는 뜻이다. 가르친다는 것은 오직 모범을 보여줌으로만이 할 수 있는 것이다. 악을 악으로 대하는 것은 가르치는 것이 아니라 도리어 멸망시키는 것이다.

정의를 실현하고 싶다면 자신에 대해 가혹하리만큼 엄격해야

과녁을 명중시키려면 과녁보다는 더 먼 곳을 겨냥해야 하는 것처럼 참된 정의를 실현하고자 한다면 무엇보다 자기를 부정하고, 자기에 대해 가혹하리만큼 엄격해야 한다. 그러므로 자기 혼자만 옳고 바른 자가 되기를 원한다면, 자신에게는 공정하지 못하며 타인에 대해서는 정의롭지 못하게 될 것이다.

진실한 사람은 위선자와 구별되게 산다

절대적인 정의는 절대적인 진리와 마찬가지로 도달하기 어렵다. 또 세상에는 완벽하게 옳은 사람도 없다. 그러나 올바르게 살려고 노력하는 사람은 그렇지 않은 사람과 구별되게 산다. 그는 부끄럽지 않게 살려는 의지와 진실한 삶에 도달하려는 희망을 가졌기에 참된 진리의 갈망과 진리에 대한 신념이 강하다. 그러므로 세상 사람들은 이 두 사람을 구별할 수 있다.

거짓된 도덕,
거짓된 사랑, 거짓된 봉사

부정한 것보다도 나쁜 것이 있다. 그것은 거짓된 도덕, 거짓된 사랑, 신에 대한 거짓된 봉사 등이다. 이것들은 사이비 종교에서도 흔히 볼 수 있다. 위선적인 사람들은 사랑을 실천하고 있다고 공상한다. 그들은 정의의 요구를 외면하고 자신의 거짓된 사랑을 자기만족이라는 악으로 발전시킨다. 그리고 교회나 가난한 자들을 위한 구제 사업을 벌이지만 정작 그들이 나누는 것은 이웃들의 피와 눈물의 대가에 지나지 않는다.

해서는 안 된다고 생각하는 것,
그것을 하지 말라

전쟁의 참상에 대하여 이러쿵저러쿵 논하던 때는 이미 지나갔다. 그것에 대하여는 다양한 이야기가 나왔다. 이제 각자가 시작해야 할 일이 남았다. 즉, 각자가 해서는 안 된다고 생각하는 일을 하지 않는 것, 오직 그것뿐이다.

남의 말이나
분위기에 휩쓸리지 말라

자기 이성과 자신의 내부로부터의 깨우침에 의해서가 아닌 외부로부터 영향을 받아서 행동하려고 할 때에는 멈추어 서라. 그리고 그대를 이끌려 하던 그 영향이 선한 것인지 악한 것인지를 판단하라.

세상에는 재판 외에도 풀 수 있는 여러 방법이 있다

재판은 정의에 의하여 이끌어 나갈 수 있으나 그것은 문제를 오직 하나의 측면에서만 보는 것에 불과하다. 이 세상의 모든 문제는 재판에서 얻어지는 방법 말고도 해결 방식이 많이 있다. 문제에 대한 관점에 따라서 여러 가지로 상이한 해결을 내놓을 수 있으며 그것은 동시에 모두가 긍정하는 올바른 해결이기도 하다.

폭력이 절대적으로 필요하다고 믿는 권력자들

권력을 쥔 사람들은 사람을 통치하기 위해서는 폭력이 절대적으로 필요하다고 믿는다. 그러므로 그들은 질서를 유지하기 위해 항상 폭력을 사용한다. 질서는 폭력이 아닌 다수의 의견을 반영함으로써 유지되어야 한다. 그런데 불행하게도 다수의 의견은 폭력에 의해 파괴된다. 결국 폭력의 발동은 삶에서 유지하고 싶은 것들을 도리어 악화시키고 파괴한다.

남의 장단에 추는 춤에도
선과 악이 있다

남의 장단에 추는 춤에도 선과 악이 있다. 이 사회에서는 남의 장단에 맞추어 춤을 추는 행위는 대부분 악이다. 양심의 요구에 응하여 자발적으로 하는 행위는 악이 될 수 없다. 남이 부추겨서 하는 천 가지 행위에서 자발적으로 행하는 행위는 하나나 될까 말까 한다.

사람들은 대중문화가 생산해내는 암시에 동화된다

대중이 무지無知한 원인을 주의 깊게 관찰한 결과 그 주요한 원인은 학교와 도서관의 부족이 아니라 온갖 종류의 대중문화 속에서 생산되는 미신 때문이었다. 사람들은 쉽게 이 미신에 동화되어 대중문화가 끊임없이 생산해내는 선전과 암시를 받아들인다.

진보를 위한 노력

사람들은 세상을 혁신하고 모든 악을 물리치기 위한 노력이 모두 헛된 것이라고 말한다. 패악과 무질서도 그 자체로 존재하듯 진보도 저절로 이루어지는 것이라고도 말한다. 그러나 강을 따라 떠가는 배를 생각해보자. 강을 건너는 배에 뱃사공이 없으면 승객이라도 노를 저어야 한다. 그런데 배에 타고 있는 사람들은 노를 잡고 배를 앞으로 저어 가려는 수고를 하지 않는다. 지금처럼 배가 물 위에서 계속해서 나아가고 있다고 생각하면서 말이다.

세상은 단순히 경험의 골짜기가 아니다

이 세상은 놀이터가 아니다. 단순히 경험의 골짜기도 아니다. 더 나은 세계로 옮겨 가는 것도 아니다. 이 세계 자체가 영원한 세계의 하나다. 아름답고 즐거운 세계다. 우리는 함께 사는 모두를 위하여 이 세상을 더욱 아름답고 보람된 곳으로 만들어야 한다.

또한 인생은 진지한 것이다. 부질없고 이해할 수 없다고 해서 비극적으로 생각해서는 안 된다. 인생의 의의를 하찮은 비극 정도로 생각하는 사람은 재미있는 책을 읽고 있는 사람들 틈에서 방황하는 사람과 같다. 남이 읽고 있는 것을 들을 수도, 이해할 수도 없는 사람은 불행하다.

도덕적 진실을 확인하고 싶은 욕구

요즘 사람들은 도덕적인 가르침을 평범하고 고루한 것이라고 생각한다. 더 이상 새롭지도 않거니와 흥미를 가질 수도 없다고 말한다. 그러나 전보다 복잡해진 현대사회에서 다양한 사람들의 욕구가 충돌할수록 사람들은 도덕적 가르침을 절실하게 느낀다. 정치적 · 과학적 · 예술적이라고 불리는 인간의 삶이 여러 형태로 나뉘고 얽히면서 도덕적 진실을 확인하고 싶은 욕구도 커간다. 사실 우리의 삶에서 도덕적 진실을 확인하고 확장하는 것 이외에 더 큰 의미가 있는 게 있을까?

시련

10

65

불행, 신의 뜻을 어겼을 때 당하는 징벌일 뿐

불행, 특히 죽음과 고통은 인간이 육체적이며 동물적인 존재의 법칙을 인생의 법칙으로 잘못 받아들였을 때에만 나타나는 것이다. 인간이면서도 동물의 영역으로 전락했을 때에만 인간은 죽음과 고통을 본다. 죽음과 고통은 우뚝 선 허수아비처럼 사방에서 그를 위협하고 마침내 그의 앞에 유일하게 열린 막다른 길로 몰아넣는다. 죽음과 고통 그 자체는 인간이 신의 법칙을 위반했을 때 당하는 징벌에 불과하다. 철저하게 신의 법칙에 따라 사는 사람에게는 죽음도 고통도 존재하지 않는다.

고뇌는 전염병과 같아서 옆 사람도 괴롭힌다

고뇌는 신 외에 누구에게도 털어놓아서는 안 된다. 잠자코 견디는 것이 지혜다. 고뇌는 전염병과 같아 남에게 옮아가서 그 사람도 괴롭힌다. 고뇌는 자신 속에서 타버려야 하고, 그 속에서 조금씩이나마 인간은 완성을 향하여 가까이 다가간다.

고뇌는 슬픔에서 행복으로 건너도록 도와주는 배

정신적인 고뇌는 인간을 완성시키는 안내자다. 그리고 고뇌는 모든 슬픔에서 행복으로 건너도록 도와주는 배와 같은 것이다.

고뇌의 고귀함

고뇌의 고귀함을 모르는 사람은 아직 이성적 생활, 즉 참된 인생을 시작하지 않은 사람이다.

신은 사랑하는 사람에게 시련을 준다

고뇌 없이 정신적 성장은 있을 수 없고 인생의 발전도 불가능하다. 인간은 고뇌를 겪으며 강해진다. 만약 고뇌를 모르고 산 사람이라면 그 사람은 강하지 못할 것이다. "시련을 당하는 사람은 신의 사랑을 받는 자"라고 말하는 것도 그 때문이다.

고통도
힘을 발휘하지 못하고

물질보다 정신을 중히 여기는 사람은 그가 겪는 모든 고통이 그를 자신이 원하는 '완성'을 향한 목표 지점으로 다가가게 함을 느낀다. 그런 사람에게는 고통도 그 쓴맛을 잃고 달콤한 행복이 된다.

고뇌는 성장의
표식이다

고뇌는 성장의 표식이다. 고뇌 없이는 생활이 하나의 형식에서 다른 형태로 옮아갈 수 없다. 왜냐하면 고뇌 자체가 성장을 가져오기 때문이다. 원인은 결과이며 결과가 원인이기도 하다. 정신적 생활에서는 더욱 그러하다. 정신적 생활에 있어서는 시간도 공간도 없다.

도덕적 실천 명령과 어느 궤변가의 논리

모든 도덕적 실천 명령 속에는 같은 근거에서 나온 다른 명령과 충돌하는 모순이 있다.

"절제하라!" 그렇다면 아무것도 먹지 않아서 사람들에게 봉사할 수도 없는 사람이 되라는 말인가? "동물을 죽이지 말라!" 그렇다면 산길에서 짐승을 만났을 때도 그대로 동물에게 먹혀버리라는 말인가? "술을 마시지 말라!" 그렇다면 성찬聖餐도 받지 말고 알코올을 질병 치료제로 쓰지도 말라는 것인가? "순결을 지키라!" 그렇다면 인류의 절멸을 바라는 것인가? "악에는 폭력으로 맞서지 말라!" 그렇다면 악인에게 자기 자신과 다른 사람들이 죽임을 당하란 말인가?

사람들 중에는 이러한 모순들을 찾아내 궤변을 늘어놓기를 좋아하는 이들이 있다. 그 사람은 도덕적 규범을 따르고 싶지 않다는 마음을 표시하는 것이다.

환자의 치료에 알코올을 쓰지 말라는 것과 술에 취하지 말라는 것은 다른 것이다. 또 악한 자가 범행을 저지르더라도 방관만 하라는 것이 아니다. 사회 규범에 어긋나는 행동은 제재를 받아야 마땅하다.

고뇌와 과오의 연관성

괴로움에 처해 있을 때 그 원인을 자신의 과오에서 찾으라. 그리고 과오를 고치려고 노력하라. 그렇게 하는 것이 자기 과오를 숨기고 반항하며 괴로워하는 것보다 낫다. 과오로 생긴 고통은 잘못을 찾아 적극적으로 개선하려고 할 때 극복할 수 있다. 그러나 자신의 실수를 변명하고 은폐하려는 사람들은 고뇌의 원인을 다른 곳에서 찾는다. 그로서는 고뇌와 과오의 연관성을 알 수 없기에 고뇌가 부당하게 느껴진다. 그리고 도대체 왜, 무엇 때문에 고통스러운지 자문을 반복한다. 그는 자신의 행위에서 고쳐야 할 것을 찾기보다는 고뇌에 반항하고, 그럴수록 고뇌는 더욱더 무서운 고통이 된다.

자기가 겪은 고뇌와 자기의 생활에서 연관성을 찾아내지 못할 때는 두 가지 방법 중에서 하나를 택해보라. 그 하나는 고뇌를 아무런 의미 없는 것으로 생각하고 참고 견디는 것이다. 또 다른 하나는 고뇌를 자기 잘못을 일깨워주는 것으로 인식하고 잘못을 인정하는 것이다. 그러면 잘못으로부터 자신과 다른 사람을 구하는 방법을 찾을 수 있다.

첫 번째 방법에는 고뇌에 대한 이해와 반성이 없으니 그 어느 것도 해결할 수 없다. 오로지 절망과 분노가 끊임없이 커지면서 계속될 뿐이다. 두 번째 방법에서 고뇌는 진정한 생활을 추진하는 원동력이 된다. 다시 말해 죄의식과 과오로부터 해방, 그리고 이성의 법칙에 대한 복종으로 이끌어준다.

채식은 가장 초보적이며 자연스러운 생명 사랑의 실천

야만적인 미개인은 육식밖에 모른다. 채식을 하는 것은 가장 초보적이며 자연스러운 생명 사랑의 실천이다.

지금 너무 고통스럽다면

그대가 무슨 일로 괴롭다면 고통의 원인을 그대 자신 속에서 찾으라. 때로는 고통의 원인이 단순히 그대 행동의 직접적인 결과일 수 있고, 때로는 어느 날 그대가 한 행동이 돌고 돌아서 되돌아온 것일 수도 있다. 그러므로 그 원인은 항상 그대 내부에 있다. 고통에서 자신을 구하려거든 그대의 행동을 개선해야 한다.

역경에 대처하는 자세

사람이 일에 열중하면 통증을 잘 느끼지 못한다. 그러나 일하지 않는 사람은 조금만 아파도 비명을 지른다. 마찬가지로 자기 덕성을 완성하는 일에 인생의 중요한 목적을 두고 있는 사람들이 예사로 견디는 역경이라도 정신적인 수양을 쌓지 못한 사람에게 닥치면 곧 힘들어하고 치명적인 불운으로 여긴다.

동물 학대를 방관해서는 안 된다

아이들이 고양이나 새를 못살게 굴며 재미를 느끼는 것을 보고 방관해서는 안 된다. 입으로는 짐승을 가엾게 여겨야 한다고 가르치면서 자신은 사냥을 하거나 낚시나 경마를 즐기고, 사냥이나 낚시에서 얻은 고기를 식탁에 차려놓고 식탁에 앉는다. 이러한 모습은 모든 사람이 똑같다.

육식의 습관을 바꾸려는 사람들을 위한 조언

육식의 습관을 버리기 위해서는 주위 사람들이 비난하거나 공격하고 비웃어도 묵살할 용기가 있어야 한다. 육식이 아무렇지도 않은 일이라면 육식주의자들이 채식주의자를 공격할 까닭도 없는 것이다. 육식주의자들은 초조해하고 있다. 이미 그들은 육식의 죄악을 깨닫고 있지만 자기 자신의 힘으로는 그 죄악에서 벗어날 수 없음도 알고 있다.

상처 입은 동물을 보거든 피하지 말고 도와주라

대부분의 사람은 다른 생명이 고통스러워하는 것을 보면 자기도 모르게 눈을 돌려버린다. 동물이 느끼는 고통을 자기도 같이 느끼기 때문이다. 그럴 때 그 자리를 피하고 말 것이 아니라 괴로워하는 동물의 곁으로 달려가서 그 괴로움을 덜어주며 구해줄 방법을 찾으라.

이웃

11

따르기 힘든 교훈

변명할 수도 없는 비방과 모함을 받는 것은 선을 배우는 가장 좋은 공부다.

신에 대한 의무

우리가 남에게 봉사하는 것은 상대에게 복종하는 것이 아니요, 상대를 비호하거나 상대에게 은혜를 베푸는 것도 아니다. 그것은 자신의 의무, 즉 인간에 대한 의무가 아니라 신에 대한 의무를 실천하는 것이다.

조그만 씨앗이 자라 거목이 된다

공공의 이익을 위해 봉사하라. 사랑을 실천하라. 나쁜 말을 입에 담지 말고 나쁜 일에 가담하지 말고 선한 일을 위해서는 잘못된 수치심을 극복하라. 해야 할 말을 하고, 눈에 띄지 않는 작은 일이라도 선한 일이라면 꼭 실행하라. 이처럼 조그마한 사랑의 씨앗에서 온 세상을 가득 덮는 큰 나무가 자라난다.

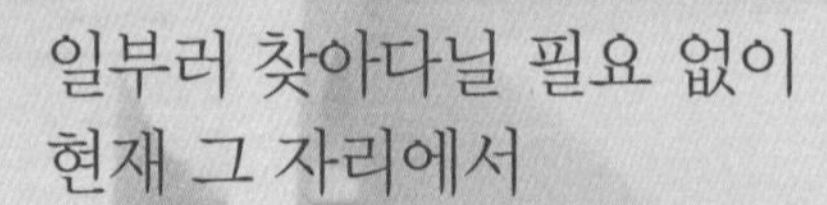

일부러 찾아다닐 필요 없이 현재 그 자리에서

굳이 착한 일을 찾아다닐 필요는 없다. 그저 현재 그대가 처해 있는 상황에서 주어진 일을, 가능한 한 열심히, 인간으로서 성심성의껏 하기만 하면 그대는 최선을 다해 살고 있는 것이다. 그러니 특별히 위대한 일을 찾아다닐 필요가 없다.

용서는 평화로운 생활을 보장한다

우리는 모두 어리석은 존재다. 특히 남을 비난하는 면에 있어서 그렇다. 그러므로 서로 용서하자. 이 세상에서 평화로운 생활을 보장하는 것은 용서다.

남에게 준 도움과 남에게 받은 도움

비록 사소한 일이라도 이웃에게 피해를 주었다면 큰 결례로 생각하라. 그러나 남에게 도움을 주었을 때는 보잘것없는 것으로 여기라. 남이 그대에게 베푼 도움은 아무리 작은 것이라도 큰 은혜로 생각하라.

사냥꾼이 사냥감을 찾듯

사냥꾼이 사냥감을 찾듯 선을 행할 기회를 찾지는 못하더라도 선을 행할 기회가 주어지면 놓치지 말고 행하라.

선을 실현하기 위한 필요충분조건

선이 우리 속에 그리고 세상에 있기를 바라는 것은 그것을 실현하기 위한 중대한 조건이다. 그것을 믿지 않고 지금처럼 나쁜 사람들이 살아온 것과 같이 살아갈 것이라고 생각하는 것은 선의 실현을 막는 가장 큰 방해물이 된다.

이상한 이야기

남을 위해 살 때만이 진정으로 자기를 위해 사는 것이다. 얼핏 이상하게 들릴 것이나 한번 실천해보라. 경험해보면 믿게 될 것이다.

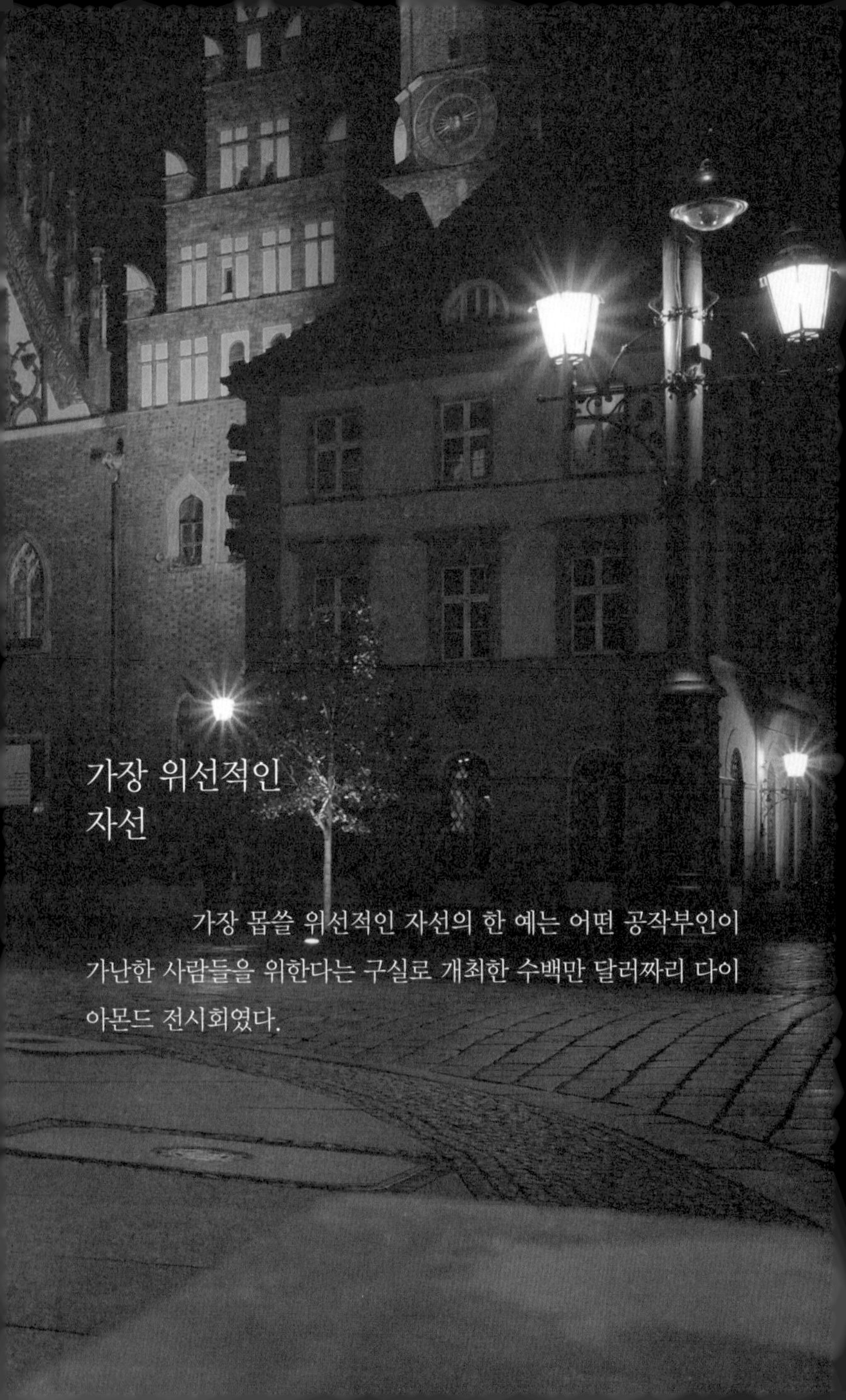

가장 위선적인 자선

가장 몹쓸 위선적인 자선의 한 예는 어떤 공작부인이 가난한 사람들을 위한다는 구실로 개최한 수백만 달러짜리 다이아몬드 전시회였다.

뿌리 없이 서 있는 나무와 같은 사랑

신에 대한 사랑 없이 이웃을 사랑한다는 것은 뿌리 없이 서 있는 나무와 같다. 그런 사랑은 자기 마음에 드는 사람들만 사랑하는 것이며 굴욕적인 사랑을 구하는 것에 지나지 않는다. 그런 사랑은 종종 증오로 바뀐다. 신을 사랑하기 때문에 이웃을 사랑하는 경우에는 우리를 사랑하지 않는 사람, 우리에게 불쾌감을 주는 사람, 육체적으로 불구여서 추한 사람도 한결같이 사랑한다. 이러한 사랑은 결코 흔들리는 법이 없고 시간이 지날수록 점점 더 견고해져서 그것을 경험하는 사람에게 더욱 큰 행복을 안겨준다.

이 세상의 기초는 나눔에 있다

순수한 행복은 이웃에 대한 봉사와 나눔에서 맛볼 수 있다. 사람과 사람이 모여 사는 이 세상의 기초는 바로 나눔에 있다.

사람들 속에 부대끼며 살아도 평안을 느끼는 사람들

현세적인 목적에만 매달려 사는 사람에게는 평안이 없다. 혼자 고독하게 정신적인 목적만을 위하여 사는 사람에게도 평안이 없다. 북적대는 사람들 속에 끼여 시달리면서도 평안을 맛보는 사람들이 있다. 바로 신에게 봉사하는 사람들이다.

남의 도움을 이용만 하는 사람은 인생 파괴자다

사람은 사람을 돕는다는 말이 있다. 우리는 남의 도움이 없이는 살아갈 수 없다. 도움을 서로 주고받을 때 의미가 있다. 우리의 생활은 서로 연관되어 있기 때문이다. 어떤 사람은 그저 남의 도움을 이용하기만 하는데, 이런 사람은 인생을 스스로 파괴하는 사람이다.

보통 사람들은 하기 어려운 일

자신을 아껴주는 사람을 사랑하기는 쉽다. 그러나 자신을 배반하고 해치고자 하는 사람을 조금이라도 비난하지 않는 것은 어려운 일이다.

모든 사람은 형제

현대에 이르러 모든 사람은 한 형제라는 종교적 인식을 널리 갖지 않으면 안 된다. 진정한 학문은 이 인식을 실생활에 적용하는 방법을 가르쳐주어야 하며, 예술은 이 인식을 사람들의 감정에 호소해야 한다.

선으로 이기라

선으로 악을 갚고 기쁨을 맛본 사람은 그 기쁨이 가져다주는 기회를 결코 놓치지 않으려 할 것이다.

사랑으로 가득 찬 인생

사랑이 적으면 적을수록 인간은 고뇌를 많이 한다. 참된 인생은 사랑으로 가득 차야 한다. 사랑하는 마음을 가지면 나만 보던 시야에서 나 외에 다른 사람을 볼 수 있는 넓은 시야를 갖게 된다. 그러나 사랑의 고리를 끊으면 그때부터 온갖 고뇌와의 싸움이 시작된다.

선 없이는 아무 소용이 없다

이 세상에서 가장 좋은 것도 선 없이는 아무 소용이 없다. 가장 나쁜 죄도 선에 의해 용서되기 때문이다.

용서함으로
생기는 행복

누가 그대에게 잘못을 하고 피해를 주었거든 그가 누구이든 간에 잊어버리고 용서하라. 그러면 그대는 용서함으로써 생기는 기쁨을 알게 될 것이다. 우리에게는 죄를 벌할 수 있는 권리가 없다.

보이는 것과
보이지 않는 것

선善에는 두 가지가 있다. 겉으로 드러나는 외면적인 선은 그것을 직접 행하는 사람이나 지켜보는 다른 사람들에게도 흐뭇함을 안겨준다. 그러나 외면적인 선은 시간이 지남에 따라 퇴색되고 사라져버린다. 반면에 내면적인 선은 결코 사라지지 않는다. 오히려 시간이 흐를수록 그 깊이가 더해진다.

사랑의
실천

사랑은 실천하는 자에게 정신적이며 내면적인 기쁨을 줄 뿐만 아니라 생활을 기쁨으로 채워주는 중요한 조건이 된다.

남을 위해
아무리 좋은 일을 하더라도

선행을 하면서 분란을 겪거나 혹은 남들이 자신을 비난한다면 즉시 그 일을 그만두어야 한다. 아직 그 일을 할 시기가 안 되었거나 그대가 그 일을 잘하지 못함을 의미하기 때문이다. 이러한 때에는 한편으로 고통 없이 그것을 할 수 있는 때를 기다리고 다른 한편으로는 그 일을 충분히 잘할 수 있도록 더 배우는 시간을 갖도록 한다.

GALLERIA UMBERTO I

항상 그 이상을 더 할 필요를 느끼게 하는 것

선을 행하면 기쁨이 따른다. 그것은 만족하는 것이 아니다. 선이라는 것은 항상 그 이상으로 더 하지 않으면 안 된다는 필요를 느끼게 한다.

부의 양면성

부富는 거름 무더기와 같다. 가만히 두면 썩어서 악취가 난다. 그러나 뿌리면 땅을 기름지게 한다.

지금보다 더 선한 인간이 되기 위해 노력하라

신을 섬기는 것은 사람에게 봉사하는 것보다 수월하다. 사람들 앞에서는 마음에 없으면서도 좋은 척하고, 잘 보이고 싶고, 남들에게 멸시를 당하면 화도 날 것이다. 그러나 신 앞에서는 그럴 필요가 없다. 신은 그대가 어떤 인간인지 알고 있기 때문이다. 그리고 신 앞에서는 누구나 그대에게 악담할 수 없다. 그대는 없는 것을 있는 척할 필요도 없다. 다만 지금보다 선한 인간이 되려고 노력하면 그만인 것이다.

어디까지 내어주어야 사랑인가?

가난한 사람에게 쓰고 남은 것들을 줄 때나 자신의 소중한 것을 줄 때라도 스스로 자비스럽다고 생각하지 말라. 참된 사랑은 거기서 더 나아가 마음속에 그들의 자리를 만들어줄 줄 아는 것이다.

협력

생물은 서로 싸우고 죽이고 파괴하면서 생존하지만 그와 동시에 서로 사랑하며 협력하기도 한다. 삶에는 정글의 법칙만이 적용되는 것은 아니다. 상호부조의 방식으로 지탱된다. 상호부조의 방식은 마음의 언어이며 사랑이다. 이 세상의 발전 과정을 살펴보면 그 속에 상호부조의 원칙이 있음을 발견할 수 있다. 역사의 모든 과정은 모든 생물의 상호부조라는 유일한 원칙이 발전돼가는 과정에 지나지 않는다.

죽음

12

AU BON BUVEUR
ANTIQUITÉS
NOTRE DAME DES VICTOIRES
P. LEGRAND CONFISERIE
CREMERIE · EPICERIE FINE · FRUITERIE
de France
Crèmerie
A LA MERE DE FAMILLE
LU
LU
CONFISERIE EPICERIE FINE
OEUFS FROMAGES
LAITERIE PARISIENNE
PHARMACIE

밤이 오는 것을 피할 수 없듯이 죽음도 피할 수 없다

밤이 오고 겨울이 오는 것처럼 죽음도 피할 수 없는 철칙이다. 그런데 밤이나 겨울이 오는 것은 대비하며 살면서 죽음에 대해서는 어찌 대비를 하지 않는가? 죽음에 대한 대비는 하나밖에 없다. 그것은 착한 인생을 사는 것이다. 인생을 착하게 살수록 죽음은 무의미하게 되고 죽음의 공포도 사라진다. 성자에게 죽음이란 존재하지 않는다.

신의 존재를 의심하지 않은 종교인은 없다

잠시 동안이라도 신의 존재를 의심한 일이 없는 신앙인은 한 사람도 없다. 그 같은 의혹은 해로운 것은 아니다. 도리어 그것은 신에 대한 높은 이해에 도달케 한다. 신의 계시는 헤아릴 수 없이 무한하다.

양심은 나침반이다

양심은 우리가 나아가야 할 길을 가르쳐주는 나침반이다. 사람들은 길을 벗어났을 때 둘 중 하나를 선택한다. 양심이 가리키는 대로 생활을 바꾸거나 양심이 가리키는 것을 보지 않거나. 전자의 경우는 단 한 가지 방법밖에 없다. 자신의 내부에 있는 빛을 확대하여 그 빛이 비추는 것에 주의를 집중하는 것이다. 후자의 경우, 양심이 가리키는 것을 보지 않는 데는 외적인 방법과 내적인 방법 두 가지가 있다. 외적인 방법은 양심의 가리킴에서 주의를 딴 데로 돌릴 수 있는 여러 가지 일에 몰두하는 것이고, 내적인 방법은 양심 자체를 흐리게 하는 것이다. 그런데 무엇보다 이 내적인 방법을 두려워해야 한다. 선의 길에서 한 발짝이라도 벗어나는 날에는 미처 정신을 차릴 겨를도 없이 악의 구렁텅이에 빠지고 말 테니까.

사소한 일

사소한 일은 아무래도 상관없다고 말하지 말라. 진정으로 도덕적인 사람은 아무리 사소한 일이라도 그 의미를 놓치지 않는다.

생명 의식과 신

우리의 생명 의식과 신의 관계는 우리의 감각과 세계 또는 물질의 관계와 같다. 만일 감각이 없다면 우리는 어떠한 물질에 대해서도 무엇 하나 알 수 없다. 마찬가지로 우리 마음에 생명 의식이 없다면 우리는 신에 대해 무엇 하나 알 수 없을 것이다.

창밖의 지나가는 사람들

창밖을 내다보면 어떤 사람은 천천히 지나가고 또 어떤 사람은 남보다 빨리 지나친다. 그러나 창밖을 지나가는 사람이 시야에서 빨리 사라지거나 늦게 지나가거나 달라질 것은 아무것도 없다. 그가 눈앞에 보이는 한 그가 존재하는 줄 알고 또 시야에서 사라진 뒤에도 그는 어딘가에 여전히 존재한다고 믿으면 된다. 이 세상에서 삶과 죽음도 이와 같다.

나의 멍에는 행복하고 나의 짐은 가볍도다

신이 우리에게 무엇을 원하는지 우리로서는 알 수 없다. 그것은 마치 주인이 멍에를 건 말馬을 어디로 무엇 때문에 무엇을 싣고 가는가를 알 수 없는 것과 같다. 만일 말이 주인의 명을 따르지 않으면 채찍질을 당할 것이고 주인이 하자는 대로 순순히 따르면 신세는 편해질 것이다. 그때 "나의 멍에는 행복하고 나의 짐은 가볍도다"라고 찬송할 수 있다.

삶의 바탕이 되는 것

사람들이 장사를 하고, 계약을 맺고, 전쟁을 치르고, 학문과 예술에 종사하고 있는 것처럼 보이지만, 실은 겉으로만 그렇게 보일 뿐이다. 엄밀히 말해 사람들은 한 가지 일만 하고 있다. 그것은 다름 아닌 자신의 삶의 바탕이 되고 있는 도덕상 규범을 밝히는 일이다. 사람에게 가장 중요하고 유일한 과업을 실제로 하고 있는 것이다.

영혼이 과거의 행위와 만났을 때

페르시아에 이런 우화가 있다.

어떤 사람이 죽어서 영혼이 하늘에 오르지 못하자 떠돌아다녔다. 그러다가 매우 음습하고 으스스한 곳에서 무서운 여자 형체를 만났다. 영혼이 물었다.

"도대체 너는 누구냐? 더럽고 끔찍하고 악마보다도 더 흉측하게 생겼구나."

그러자 무섭게 생긴 형체가 대답했다.

"나는 너의 행위다."

삶과 죽음에 대한 해답 그리고 선택

삶과 죽음에 대한 해답을 우리보다 앞서 살다 간 지혜로운 사람들로부터 구한다 하더라도 그 해답에 대한 선택은 본인이 해야 한다.

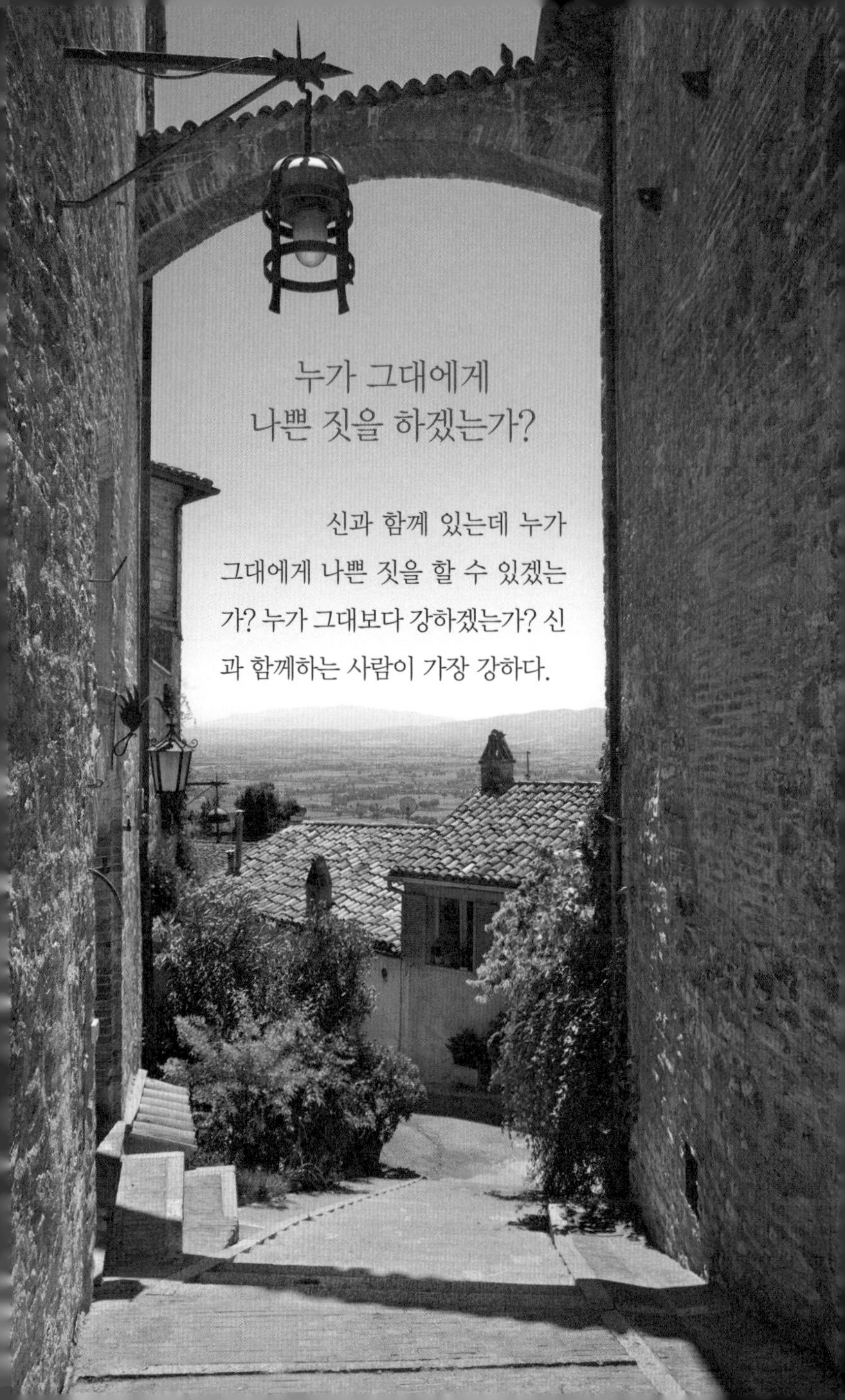

누가 그대에게 나쁜 짓을 하겠는가?

신과 함께 있는데 누가 그대에게 나쁜 짓을 할 수 있겠는가? 누가 그대보다 강하겠는가? 신과 함께하는 사람이 가장 강하다.

사후 세계를
믿는 사람에게 병은

사람들이 사후死後에도 영혼이 존재한다고 믿는다면 병病에 대한 생각이 달라질 것이다. 모든 병을 인생의 어떤 한 형태에서 다른 형태로 옮겨 가게 하는 조건으로 이해할 것이다. 즉, 원하지 않았던 상태에서 원하는 상태로 옮겨가는 데 필요한 조건으로 받아들일 것이다. 노동의 고통을 참고 견디는 것처럼 모든 병고를 참고 이겨낼 것이다. 병을 인간이 거쳐 가야 할 과정이며 완성되어가는 증거로 생각하면서 우리 몸에서 일어나는 현상의 의미를 이해할 것이다. 그리고 이때 놀라운 변화를 느낄 것이다. 병을 받아들이는 생각이 달라지면서 비로소 사람들은 용기와 함께 새로운 형태로 거듭난다는 믿음으로 다른 세계로의 새 출발을 준비할 수 있을 테니까.

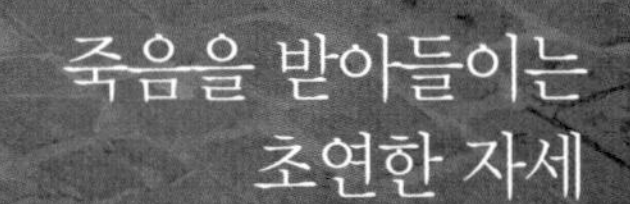

죽음을 받아들이는 초연한 자세

임종을 앞둔 자의 말과 행위는 사람들에게 큰 영향을 미친다. 그러므로 훌륭하게 사는 것도 중요하지만 죽음에 임하는 초연함도 매우 중요하다. 훌륭하고 순수한 임종은 생전의 그의 나쁜 생활을 보상해준다.

종교와 과학

현대의 과학자들은 종교는 아무 쓸모도 없는 것이며, 과학이 그것을 대치하게 될 거라고, 또는 이미 대신하고 있다고 단정하고 있다. 그러나 지금도 옛날과 마찬가지로 종교 없이는 인간 사회는 결코 생존할 수 없다.

이성적 인간이 종교 없이 살 수 없는 까닭은 종교야말로 그에게, 자신과 자신이 속해 있는 무한한 세계의 관계에 대해 이해할 수 있게 하기 때문이다. 더 나아가서는 그 이해를 통해 그의 행동에 방향을 제시해주기 때문이다.

꿀을 따는 꿀벌은 꿀을 따는 것이 좋은 건지 나쁜 건지에 대해서는 전혀 생각하지 않는다. 그러나 인간은 곡물과 과일을 수확할 때 그 수확이 앞으로 작물의 성장을 망치게 하지는 않을까, 이웃이 먹을 것을 빼앗는 것은 아닐까 하는 생각을 한다. 또 자신이 이렇게 먹이고 키우고 있는 아이들이 장차 어떤 사람이 될지, 그 밖에도 많은 것을 생각하지 않을 수 없다. 아무리 이성적인 인간이라도 인생의 가장 중요한 행위에 대한 문제를 철저하게 해결할 수 없는 것은, 자신의 행위에서 생기는 모든 결과를 예상해보아야 하기 때문이다. 무릇 이성적인 인간이라면 설사 그러한 일들에 대하여 확실한 주관을 갖지 않고 있을지라도 느끼고는 있다. 예를 들어 거기서 발생하는 여러 가지 결과가 종종 모순에 찬 것, 즉 자신에게는 은혜가 되는 것일지라도 다른 사람에게는 불행한 일, 혹은 자신에게는 불행일지라도 남에게는 은혜가 되는 경우를 너무도 흔히 보고 있는 것이다.

그래서 이성적인 인간은 동물과 같은 규범으로는 행동할 수 없다. 인간은 그날그날을 사는 동물들 속에서 자기도 한낱 동물에 불과하다고 생각할 수도 있지만, 영원으로 살아가는 사회, 혹은 민족의 일원으로서 자기 자신을 볼 수 있는 것이다. 그리하여 인간은 자기 자신을 무한의 시간 속에서 살고 있는 무한세계의 일부분으로 보는 것이 당연한 것이다. 또 반드시 그렇게 생각해야 한다. 그래서 이성적인 인간은 인생에서 눈앞에 보이는 현상의 관계뿐만 아니라, 무한한 시간과 공간의 세계 전체를 하나로 보고, 거기에 대한 자신의 관계를 정립하지 않으면 안 되며, 또 언제나 그렇게 해왔다. 그러한, 인간이 자신을 그 일부로 느끼는 무한한 전체자와 인간의 관계 정립과, 그 정립된 관계에서 나오는 행동의 지침이 바로 종교라고 불려왔다.

그래서 이성적인 인간 혹은 이성적인 인류에게 종교는 항상 존재해왔고, 또 반드시 필요한 생활 조건으로서 절대적으로 존재해야만 한다.

무슨 일이든
그만두어야 할 때가 온다

무엇을 하든 간에 언젠가는 그것을 그만두어야 할 때가 온다. 그때를 대비하고, 있는 힘을 다해 일하라. 죽음은 인간에게 그렇게 해야 한다는 것을 가르쳐준다.

인생을
마감할 시간을 주는 것

병이 위중한 환자를 대할 때, 환자에게 죽음이 가까워오고 있음을 숨기려는 사람들이 있다. 환자에게 용기를 주어 일어나게 하려는 노력은 좋은 것이나 소생이 불가능한 환자에게 생명이 얼마 남지 않았다는 것을 숨기는 것은 그 사람에게 스스로 인생을 마감할 시간을 박탈하는 것과 같다. 태어난 사람이면 성장을 하듯 죽음도 누구나 거치는 과정이다. 육체는 땅에 묻혀도 영혼은 원래 있던 곳으로 돌아가는 것임을 깨닫고 환자의 가족은 환자가 스스로 인생을 마감할 수 있도록 도와주어야 한다.

신을 사랑하는
사람은

신을 사랑한다고 말하면서 이웃을 사랑하지 않는 자는 사람을 속이는 자다. 이웃을 사랑한다고 말하면서 신을 사랑하지 않는 자는 자기 자신을 속이는 자다.

죽음과
생명 연장에 대한 기대

사람들이 사색을 하면서부터 죽음에 대한 생각을 하게 되었다. 오랜 세월 사색은 인생의 도덕적인 면에 커다란 영향을 끼쳐왔다. 그런데 잘못된 의술은 고통을 덜어주는 것에 대해서는 관심이 없고, 환자의 목숨을 연장하는 데에만 매진해왔다. 그래서 사람들로 하여금 죽음을 면하는 것에 대한 기대를 품게 하고 죽음에 대한 생각을 뿌리치게 했다. 이러한 것은 사람들에게 도덕적인 생활에 대한 가장 중요한 각성을 빼앗는 것이다.

종교적 감정

모든 종교의 본질은 다음의 의문에 대한 해답 속에서 성립된다. 즉, 나는 왜 사는가? 그리고 나의 주위에 있는 무한한 세계와 나와의 관계는 어떠한 것인가에 대한 해답 속에서 이루어지는 것이다. 정통 종교로부터 가장 원시적 종교에 이르기까지 그 성립의 기초에 인간의 주위에 있는 세계, 혹은 인간의 첫 번째 원인 관계를 포함하고 있지 않은 종교는 없다.

2 bicycles

자아를 부정하는 사람은 강하다

자아를 부정하는 사람은 그 무엇보다 강하다. 왜냐하면 자아는 우리의 내부에서 신을 가리고 있기 때문이다. 자아를 부정하는 순간부터 우리의 내부에서 행동하는 것은 이미 우리가 아니라 신이다.

인생은
연극이지만

연극이 끝나면 관객들은 방금 전까지 몰입했던 가상 세계에서 깨어나 현실로 돌아온다. 무대 위에서 펼쳐졌던 모든 것이 꾸며진 연극이었음을 깨닫는다. 그렇듯 인생도 무대에서 펼쳐지는 연극에 불과하다. 그러나 죽음의 순간에 있어서는 다르다. 누구나 죽는 순간에는 엄숙하고 진실하다.

죽음의 순간을
준비하라

죽음을 준비하라. 이 말은 흔히 생각하듯 죽음을 앞두고 주변 정리를 하거나 장례 절차를 준비하라는 것이 아니다. 그보다는 가장 훌륭한 죽음을 맞이할 준비를 하라는 것이다. 인간이 다른 세계로 들어가는 죽음의 순간은 승리의 순간이어야 한다. 왜냐하면 죽는 자의 말과 행위는 남아 있는 사람들에게 특별한 영향을 주기 때문이다. 그러므로 그 순간을 미리 준비하는 것이 좋다.

죽음이 가까울수록 더 필요한 일

"죽을 날이 가까운데 이제 와 무엇을 더 하겠나!"라고 말하는 사람을 자주 본다. 죽을 때가 다 되었으니 아무것도 할 필요가 없다고 말하는 사람은 평소에도 아무것도 안 하는 사람이다. 죽음이 가까우면 가까울수록 더욱더 필요한 일, 그것은 자기 영혼을 돌보는 일이다.

오늘 저녁에 죽는다고 생각하면

이렇게 할 것인가, 저렇게 할 것인가 판단이 서지 않을 때에는 이렇게 해보라. 만일 오늘 저녁에 죽는다면 어떻게 할 것인가를 스스로에게 물어보는 것이다. 마지막 퇴로까지 없앤 상태를 가정하면 의외로 모든 문제가 명쾌해진다. 결정을 내리는 데 큰 도움이 될 것이다.

양심에 따라 살지 않으면
삶이 비뚤어진다

삶이 양심에 인도되지 않으면 양심은 그 삶에 따라서 비뚤어져 버린다.

세상의 모순을 이해하는 단 한 가지 증거

현세에서는 악이 승리를 얻고 선이 피해를 당하고 있다. 나는 이것이야말로 인간의 영혼이 육체적인 것이 아니라는 유일한 증거라고 생각한다. 이 유일한 증거는 모든 의문을 풀기에 충분하다. 나는 이 세계의 질서 속에서 이 같은 모순을 이렇게 풀어낼 수밖에 없었다. 그리고 나는 나 자신에게 말했다.

"그렇다. 인생은 죽음과 함께 끝나는 것이 아니다. 그리고 모든 것은 죽음에서 결정되지 않는다. 나는 이 사실을 내가 저지른 죄 속에서도 느낀다. 인간은 그저 이 현세에서는 생명의 반만 사는 것이고, 영혼의 고양된 생활은 죽음과 함께 시작되는 것이다. 그러나 어떤 점에서 삶을 존재하는 것이라 할까? 나의 두뇌는 한계가 있어서 무한의 사상事象을 다 이해할 수 없다. 그렇다면 나는 무엇을 믿고 또 무엇을 부정할 수 있을까? 나는 내 영혼이 육체가 죽은 뒤에도 살아남으리라는 것을 알고 있다. 그러나 영원히 살 것인가는 알지 못한다. 나는 생명이 다한 내 육체가 마침내는 가루가 되고 부서져 버리리라는 것을 알고 있다. 그러나 사색적 실재마저도 그와 마찬가지로 부서져 버릴 것이라고는 생각하지 않는다.

비록 지상의 한구석에 살고 있지만

만일 신이 존재하고 미래의 삶이 존재한다면, 진실도 존재하고 도덕도 존재해야만 한다. 그리하여 인간의 최고 행복은 그와 같은 것을 얻기 위한 노력에 있다. 인생은 사랑하며 살아야 하는 것이다. 비록 우리가 이 지상의 한구석에서 살고 있지만 모든 것 속에 그리고 영원 속에 살아왔으며 또 살아가리라는 것을 믿어야 한다.

신앙, 알 수 없는 것과의 관계

신앙은 인간의 영혼 속에는 반드시 존재하는 특성이다. 인간은 필연적으로 무엇인가를 믿는다. 왜냐하면 인간은 자기가 알고 있는 것과 함께 아직 알지 못하는 것과의 관계 속으로 들어가려고 하기 때문이다. 그렇게 함으로써 알지 못했던 것을 알게 된다. 신앙이란 이 알 수 없는 것과의 관계를 말한다.

죽음에 대한 두려움

죽음에 대하여 두려워만 하는 것은 부질없다. 우리는 죽음을 향해 가고 있다는 것을 알지만 하루하루 최선을 다해 살아가는 자세가 필요하다. 이러한 마음가짐으로 살 때 인생의 모든 것은 존엄하고 의의가 있으며, 우리는 참된 기쁨을 느낄 수 있다. 죽음이 오고 있음을 알 때 우리는 더 열심히 일하지 않을 수 없다. 죽음이 어느 때에 우리의 일을 중단시킬지 모르기 때문이다. 그리고 죽음이 다가옴을 알 때 모든 인생에 대하여 경의를 표하고 겸손한 자세를 취할 수 있다. 그리고 그대가 일할 수 있음에 기쁨을 느낄 것이며 죽음에 대한 하찮은 공포는 겸허한 마음으로 다스릴 수 있을 것이다.

도덕과 종교

도덕은 종교에서 벗어날 수 없다. 종교는 이미 도덕 자체를 포함하고 있기 때문이다.

자기 능력만을 믿는 자는

신의 능력을 부인하고 자기의 능력만 믿는 사람에게 노자老子는 "바람을 일으키는 풀무를 보고 마치 풀무 자체가 공기 속에서 바람을 일으킨다고 믿는 어리석음처럼, 신의 무한한 능력보다는 겉으로 드러나 보이는 사람의 작은 행위만 믿는 것과 같다"라고 가르쳤다.

인간의 나침반

자의식을 갖기 시작할 때부터 사람은 자기 내부에서 두 개의 다른 본질을 깨닫는다. 하나는 감각적인 것이고 다른 하나는 눈에 보이지 않는 영적인 것이다. 맹목적이고 동물적인 것은 먹고 마시고 숨 쉬고 잠자고 번식하며 태엽이 감긴 기계처럼 움직인다. 그러나 다른 하나, 즉 눈에 보이지 않는 영적 본질은 그 자체로서는 아무 일도 안 한다. 그저 동물적인 것과 관련되어 그 일을 평가할 따름이다. 그리고 동물적인 것이 영적인 것에 조화될 때는 그것을 시인하고, 어긋날 때는 그것을 몰아낸다.

눈에 보이는 영적인 본질이 뚜렷이 나타나는 것을 보통 '양심'이라고 부른다. 이것을 나침반에 비유해 말할 수 있는데, 한쪽 끝은 항상 선을, 다른 끝은 악을 가리키고 있다. 그리고 인간은 그것이 가리키는 방향에서 떠나지 않는 한, 즉 악을 떠나 선으로 가지 않는 한, 그것을 볼 수 없다. 그러나 양심의 방향으로 행위를 하게 되면 곧 양심이 가리키는 방향에서 동물적인 본질이 벗어났음을 보여주는 정신적 본질의 의식이 나타난다.

책에 대한 우상숭배

'성경'이나 '코란', 그리고 '우파니샤드' 속에 적혀 있는 사상은 그것이 신성한 것으로 여겨지는 책 속에 씌어 있기 때문에 진리인 것은 아니다. 신성시되는 책 속에 씌어 있기 때문에 그 모두가 진리라고 생각하는 것은 책에 대한 우상숭배다. 그것은 다른 어떠한 우상숭배보다도 해로운 것이다.

양심의 소리에 귀 기울이라

양심의 소리를 외면할 것인가, 아니면 그 소리를 듣고 빛을 따를 것인가. 이 결정은 자기 마음에 달려 있다. 만일 양심이 어떤 일을 하라고 명령하더라도 우리가 거부하고, 양심이 우리에게 무엇을 믿게 하고자 하더라도 우리가 그것에 주의하지 않는다면 양심의 소리는 점점 작아지고 약해져서 마침내는 없어져 버리고 말 것이다. 그러므로 끊임없이 양심의 소리에 귀를 기울이라. 아무리 작은 일이라도 주의하지 않는다면 우리는 큰 죄에 빠질 것이다. 작은 죄는 항상 무서운 습관을 낳는다. 아직 우리 속에 뿌리를 깊이 내리기 전에 악을 베어버리라. 악이나 선은 우리가 어떻게 받아들이느냐에 따라서 성장하는 것이다.

죄를 감추지 말고 선하게 사용하라

죄에 대한 부끄러운 기억을 감추려 애쓰지 말라. 그와 반대로 이웃의 범죄에 직면했을 때 자신의 부끄러운 기억을 선용할 수 있도록 준비해두라.

우리가 신이라고 부르는 존재

이 세계의 삶은 그 어떤 존재의 의지에 의해 이루어진다. 그 존재는 인류의 삶과 나의 삶을 위해 과거에도 현재에도 미래에도 무엇인가를 하고 있다. 우리는 그 일을 하고 있는 존재를 신이라고 부른다.

원하든 원치 않든

자신이 원해서든 원하지 않아서든 가장 엄격한 부정론자라도 신을 인식하지 않을 수 없다. 그는 자기에게 인식의 법칙이 있음을 부정할 수 없기 때문이다. 이와 같이 인간이 따를 수도 기피할 수도 없는, 무엇보다도 인간이 도달할 수 없는 높은 존재를 인정하는 것이야말로 그가 이미 신의 법칙을 인식하는 것이라고 할 수 있다. 또 그의 마음속에 인간의 삶에 대한 가치를 인식하는 것은 신의 법칙을 인식하는 것과 같다.

외부 세계를 인식하는 두 가지 방법

외부 세계를 인식하는 데는 두 가지 방법이 있다.

하나는 지극히 거칠고 선택의 여지가 없는 인식 방법으로 오관五官에 의한 인식이다. 인식의 방법이 이것뿐이었다면 우리 내부에 형성되는 것은 앎知보다는 여러 감각이 주는 무의미한 혼돈뿐이었을 것이다. 다른 하나는 자신에 대한 사랑을 통해 자신을 알고 자기 이외의 다른 존재, 즉 동물, 식물, 그리고 돌에 이르기까지 전체를 알며 또 그 사랑을 통해 모든 존재의 상호 관계를 알고 그 관계 속에서 현재 우리가 알고 있는 것과 같은 세계를 구성하는 방법이다. 이 방법은 파괴된 것의 재건이며 모든 존재가 하나라는 인식을 부활시키는 것이다. 자기로부터 나와서 다른 것으로 들어가는 것이다. 바꿔 말하면 자신과 다른 모든 존재의 합일, 즉 신과의 합일에 기초를 두고 있는 것이다.

신의 존재를 증명하는 데 한계를 느낀 까닭에

신과 영혼이 존재한다는 사실을 내 언변으로 정의하다 보면 오히려 모순 화법에 빠진다는 것을 경험했다. 그래서 나는 전혀 다른 방법으로 신과 영혼의 존재에 접근했다. 예전의 경험에 비추어 볼 때 신에 대한 정의는 내 인식의 한계에 이르러 오류를 가져오곤 했다. 다시 말해 내 인식 범위를 벗어나서 다른 사람에게 전달할 근거를 잃게 되었다는 이야기다. 신과 영혼의 존재를 의심하지 않는 내 인식을 다른 사람에게도 전달하는 데에는 분명 한계가 있었다. 내가 신이 존재한다는 것을 확실히 알지만 그 인식이 내 의지가 아니라 신의 의지라는 것을 증명할 방법이 없었다.

–나는 어디서 왔을까?

나는 어머니에게서 태어났다. 어머니는 조모에게서, 조모는 증조모에게서 태어났다. 그러나 증조모는 누구에게서 태어났을까? 이런 식으로 나는 필연적으로 신에게 걸어갔다.

–나는 무엇일까?

발은 내가 아니다. 팔은 내가 아니다. 머리도 내가 아니다. 감정도 내가 아니다. 사상마저 내가 아니다. 대체 나는 무엇이란 말인가?

나는 나다, 나는 영靈이다.

내가 어떤 식으로 신에게 다가가든 그 결과는 마찬가지다. 나의 사상, 내 이성의 본원은 신이다. 내 사랑의 본원도 신이다. 내 형체의 본원도 신이다. 영혼에 대한 이해도 마찬가지다. 진리에 대한 나의 동경憧憬을 생각할 때 진리에 대한 동경은 무형의 내 본체, 즉 내 영혼의 힘을 안다. 또 신을 사랑하는 나의 감정을 생각할 때 그것은 나의 영혼이 사랑하는 것이란 것을 알 수 있다.

양심이 원하지 않는 일을 하고 있다면

지금 하고 있는 일이 그리 나쁜 일도 아니고 그럭저럭 만족하고 있다면 한 번쯤 생각해봐야 할 것이 있다. 무슨 일을 하든지 양심이 진정으로 원하고 있는가를 확인해야 한다. 만약에 양심이 지금 하고 있는 일보다 다른 일을 하기를 원할 때는 즉시 그 일에서 손을 떼는 게 좋다. 그런데 일이나 오락에 한번 맛들인 사람은 쉽게 그만두지 못한다. 선량하고 도덕적인 사람들마저 양심의 요구에 대해 "지금 시간이 없어서 곤란한데…… 사 온 송아지를 살펴봐야 하고 또 돌아가신 아버지를 장사 지내야 하겠는데……"라고 엉뚱한 대답을 한다. 이럴 때 "죽은 이로 하여금 죽은 이를 묻게 하라"는 말의 뜻을 다시 한 번 새겨야 할 것이다.

가장 필요하지만
가장 곤란한 기도

기도는 어느 때라도 할 수 있다. 가장 필요하고, 그러면서도 가장 곤란한 기도는 일상생활 속에서 신과 규범에 대한 자신의 의무를 떠올리는 일이다. 놀라거나 노하거나 당황하거나 유혹될 때마다 자기는 무엇이며 무엇을 해야 하는지를 떠올리라. 그 속에 기도가 있다. 이것은 처음에는 곤란할지 모르나 습관이 되면 아무것도 아니다.

종교 없는 도덕은
모순 없는 기초를 가질 수 없다

도덕을 종교와 별개로 취급하려는 것은 마치 어린아이가 꽃을 옮겨 심을 때 뿌리는 잘라내고 줄기만 심는 것과 같다. 종교 없이는 도덕을 세울 수 없으며 참되고 모순 없는 기초를 가질 수 없다. 그것은 뿌리 없이는 어떠한 식물도 자라나지 못하는 것과 같은 이치다.

두 가지 형태의 신앙

신앙에는 두 가지가 있다. 그 하나는 사람들이 서로 말하는 것을 믿는 것으로 이러한 신앙은 여러 형태로 나타나고 그 숫자도 많다. 또 다른 하나는 자기를 이 세상에 보낸 신, 그에게 자기가 의지하고 있다는 것을 믿는 것이다. 이 신앙은 신을 믿는 것이며 이것은 모든 사람에게 동일한 하나의 모습을 가진다.

영적 해돋이를 가장 먼저 볼 수 있는 사람

산꼭대기에 있는 사람은 산 밑에 있는 사람보다 먼저 해돋이를 본다. 영적으로 높은 꼭대기에 있는 사람도 그와 같은 혜택을 가지고 있다고 말할 수 있다. 그는 저속한 물질주의에 사로잡혀 있는 사람들보다 빨리 신을 본다. 그러나 곧 때가 올 것이다. 해가 높이 떠서 모든 사람이 잘 보게 될 때가 오듯이.

오성의 빛으로 만물의 근원을 다 알 수는 없다

예전에 나는 인생의 여러 가지 현상을 봐도 그것이 어디서 생겨나고 또 어째서 그것이 보이는지 생각해본 적이 없다. 나는 만물의 근원에 대해 생각할 때 모든 것의 원인은 오성悟性의 빛에서 생겨난다고 이해했고, 그래서 모든 것을 오성으로 설명하고 오직 안다는 것만이 모든 것의 근원이라고 생각하며 몹시 만족했다. 그러나 그 후에 나는 오성이 어떤 묘한 거울을 통해 우리에게 비쳐 오는 빛이라는 것을 알았다. 나는 빛은 볼 수 있지만 그 빛을 보내는 존재가 누구인지 알지 못했다. 나를 비추고 있는 빛의 근원을 나로서는 알 수가 없었다. 그러나 그것이 존재해 있다는 것은 틀림없이 깨닫고 있다. 그것은 바로 신이다.

삶의 목적과 신앙

인간은 자신을 위한 삶의 궁극적인 목적을 이해하지 못한다. 그것은 마치 공장에서 일하는 노동자가 공장의 총체적인 것을 모르면 자신의 일에 대한 의미를 알 수 없는 것과 같다. 그러나 인간은 이 세상에 그 무엇이 존재하며 그것을 위해서 자신이 무엇을 해야 하는지를 알 수 있고, 알고 있다. 바로 신앙 때문이다.

인간이 신의 존재를 아는 것

사람은 신의 존재를 오성으로 알기보다 자기의 모든 것이 신에게 의지하고 있다는 의식에서 안다. 사람은 신 안에서 자기 자신을 느낀다. 이 느낌은 젖먹이 어린아이가 어머니의 품에 안겼을 때 갖는 종속감과 같은 것이다. 갓난아이는 누가 자기를 안아주고, 따뜻하게 해주고, 젖을 먹여주는지 알지 못하지만 그 누군가가 있다는 것은 안다. 그것만 알고 있으면서도 자신을 그 누구에게 맡겨버리고 사랑한다.

양심의 소리와 명예욕

양심의 소리는 마음속에서 일어나는 욕망의 소리와 달리 언제나 미묘한 상황에서 이해를 초월하면서도 아름답고, 또 오로지 노력해서 얻을 것을 요구한다. 이 점에 있어서 양심의 소리는 자주 명예욕과 구별된다. 명예욕은 종종 양심의 소리와 섞여서 나타나기도 한다.

신앙의 부재와
사랑의 결핍이 초래한 일

인류가 고통을 받는 모든 불행의 원인을 가장 근본적인 것에서부터 찾아 거슬러 올라가면 항상 이러한 일을 알게 된다. 즉, 인류의 모든 불행의 가장 근본적인 원인은 신앙의 부재와 사랑의 결핍에 있었다. 인간과 세계의 관계, 인간과 신의 관계가 불확실하고 거짓으로 진행되어왔기 때문이다. 속세의 규범만 강조하는 사람은 기둥에 달아맨 등불 아래 서 있는 사람과 같다. 등불 아래에서는 활동할 수 있으나 그보다 더 멀리는 갈 수 없다. 그러나 그리스도의 가르침을 전파하는 사람은 등불을 들고 앞뒤를 비추면서 걸어가는 사람과 같다. 그는 등불을 들어 항상 앞에 있는 것을 보여주고 앞쪽에 있는 새로운 공간을 비춰줌으로써 뒤에 따라오는 사람을 인도한다. 그 빛은 격려하고 이끌듯이 환한 공간을 비추어준다.

회의는 불신앙이 아니다

영적인 삶을 지향하다가 회의懷疑를 느낄 때가 있다. 이것을 두고 불신앙으로 돌아선 것으로 볼 수는 없다. 그때는 잠시 육체적인 생활에 기운 것일 뿐이다. 대개 이러한 변화는 어떤 계기로 육체적인 삶이 진정한 삶이라는 생각이 들 때 생긴다. 이때 사람들은 갑자기 죽음에 대한 두려움을 느낀다. 그것은 연극을 열심히 관람하던 사람이 무대 위의 상황에 몰두해 있다가 연극이 끝나고 나서야 이 모든 게 연극이었다는 것을 깨닫는 것과 같다.

의심

신의 존재에 대해 의심하고 괴로워하는 사람은 신에게서 멀리 떨어져 있는 것이 아니다. 그보다는 말로는 신이 존재한다든가 또는 존재하지 않는다고 판단하고 남의 말을 조금도 의심치 않고 그대로 믿어버리는 사람이 신과 멀어져 있는 것이다.

신의 계율과 인간의 계율

사디가 말했다. "파르티아 지방에서 나는 호랑이를 타고 가는 사람을 만났다. 그 광경을 보고 나는 얼마나 놀랐던지 그 자리에서 움직일 수가 없었다. 그런데 그 사람이 내게 말했다. '사디여, 어떤 일에도 놀라지 마라. 그대가 신의 계율에서 벗어나지만 않는다면 그대 자신의 계율에서 벗어날 수 있는 힘을 가진 것은 없을 것이다'라고."

때때로 자신 안에 있는 신의 본성과 만나라

할 수만 있다면 때때로 모든 외부와의 관계를 끊고 자신 속에 있는 신의 본성과 만나보라. 모든 문제를 내려놓고 자기 안의 신성과 만나는 것은, 육체에 음식이 필요하듯 영혼에 필요한 일이다.

삶을 사랑으로 표현하라

죽음이나 고통이 불행으로 생각되는 것은, 사람이 육체적인 법칙을 인생의 법칙이라고 생각하기 때문이다. 사람이 동물의 단계로 떨어졌을 때에만 죽음과 고통은 괴로운 것이 된다. 죽음의 두려움은 사방으로부터 엄습해 온다. 그리고 죽음과 고통에 쫓겨 도망칠 수 있는 길은 이성의 규범을 따르는 것, 그 길뿐이다. 삶을 사랑으로 표현하라. 죽음과 고통은 인간 자신이 저지르는 생명에 대한 죄악에 지나지 않는다. 참된 인생의 법칙을 따라 살아가는 사람에게는 죽음도 고통도 두렵지 않다.

인간이 기도 없이 살 수 없는 이유

살아날 가망이 없는 무너진 갱도 속에 떨어져 있는 것 같은 인간, 얼음 벌판에서 혹은 망망한 대해에서 굶어 죽을 것만 같은 인간, 고독으로 몸부림치며 죽을 것 같은 인간, 언제 죽을지도 모르는 인간, 귀머거리가 되고 장님이 될지도 모르는 인간, 그것이 자신이라는 사실을 생각하면 기도 없이 살 수 없다.